·衛斯理小說典藏版 48·

鬼子

U0164732

衛斯理
親自演繹衛斯理

《鬼子》

新之又新的序言，最新的

衛斯理小説從第一次出版至今，歷時已近半世紀，總共出了多少正版，還能計得清，若是連盜版一起算，那就算找外星人來算，也算勿清楚哉！不知能不能也算世界紀錄。

算得清好，算勿清也好，能幾十年來不斷出新版，説明不斷有讀者加入，對作者來説，沒有更值得高興的事了，謝謝所有喜歡衛斯理的人，謝謝謝謝。

倪匡

二〇二〇年六月四日　香港

幾句話

寫了四十多年小說，論者將拙作分為三個時期：早、中、晚。在明窗出版的一批，屬於早期和中期的上半。三個時期的創作風格有相當程度的不同，所以風評不一。本人並無偏愛，但讀友對早期的作品，頗有好評，大抵是由於在早、中期作品之中，主要人物精力充沛，活力無窮，所以使故事曲折多變，小說也就格外吸引。明窗出版社此次重新出版這批作品，正好讓大家來證明這一點。

四十餘年來，新舊讀友不絕，若因此而能有新讀友，不亦快哉！

倪匡

二〇〇五年十一月六日

序言

《鬼子》這個故事，背景敘在日本侵略中國舉世震驚的「南京大屠殺」上。日本鬼子在南京大屠殺中，究竟殺了多少中國人，正確數字無法知道，估計是二十萬到三十萬人，是人類歷史上最血腥的屠殺故事，蒐集了不少資料，但都沒有用上，因為根本寫不下去，太血腥、太殘暴、太醜惡了。

屠殺事件由日本皇軍一手造成，寫《鬼子》這個故事時，還絕未發生日本文部省修改教科書，掩飾日本侵略軍血腥罪行事件，小說結束時，已斷定日本鬼子決計不會悔改，果然言中，對於小說寫作人來說，自然對自己的眼光感到滿意，《鬼子》也始終是幻想小說——幻想日本鬼子會對犯下的滔天大罪，表示痛悔！

《環》這個故事，是衛斯理故事中譴責人性相當強烈的一個。設想了一個已把人性醜惡部分完全摒棄了的環境，但結果，仍然不免是悲劇。人，實在是一種很可悲的生物。

衛斯理（倪匡）

一九八六年十二月三日

目錄

鬼子

目錄

環

鬼子

第一部

日本遊客態度怪異

「鬼子」這個篇名，很有點吸引力，一看到這兩個字，很容易使人聯想到「鬼的兒子」，那自然是一個恐怖神秘故事。

然而，我必須說明，我承認這是一個相當恐怖的故事。但是在這裏，「鬼子」卻並不是「鬼的兒子」，只是日本鬼子。

中國歷來受外國侵略，對於侵略者，有着各種不同的稱呼。俄國人是「老毛子」，助紂為虐的朝鮮人是「高麗棒子」，台灣人叫荷蘭人為「紅毛鬼」，而為禍中國最烈、殺戮中國老百姓最多的日本侵略者，則被稱為「日本鬼子」。

中日戰爭過去了二十多年，有很多人認為中國人應該世世代代記着日本鬼子犯下的血腥罪行。也有人認為應該忘記這一切，適應時代的發展，完全以一種新的關係來看待曾經侵略過中國的日本。

我寫小說，無意討論，而這篇小說的題目，叫「鬼子」，很簡單，因為整個故事和日本鬼子有關。

天氣很熱，在大酒店頂樓喝咖啡的時候不覺得，可是一到了走廊中，就感到有點熱，我脱下西裝上裝，進入電梯。

電梯在十五樓停了一停，進來了七八個人，看來是日本遊客，有男有女。

電梯到了，我和這一群日本遊客，一起走出了電梯，穿過了酒店的大堂，在大門口，我看到有一輛旅遊巴士停着，巴士上已有着不少人，也全是日本遊客。

和我同電梯出來的那七八個日本遊客，急急向外走着，我讓他們先走，隨後也出了玻璃門。一出門，炎熱像烈火一樣，四面八方圍了過來，真叫人透不過氣，而且，陽光又是那麼猛烈，是以在剎那之間，我根本什麼也看不清楚。

而也就是在那一剎間，我聽到了一下驚叫聲，在我還根本沒有機會弄清楚是怎麼一回事之際，就突然有一個人，向我撞了過來。

那人幾乎撞在我的身上了，我陡地一閃，那人繼續向前衝，勢子十分猛，以致掛在他身上的一具照相機，直甩了起來。

那時，我不知道向我撞來的那個是什麼人，也不知道這個人為什麼在發出了一下驚呼之後，動作顯得如此之驚惶。

我可以肯定的是，一個人如果行動如此驚惶，那麼他一定是有着什麼見不得人的事在，所以，就在那一剎間，我抓住了照相機的皮帶。

我一伸手抓住了照相機的皮帶，那人無法再向前衝出去，我用力一拉，將他拉了回來。

直到這時，我才看清楚，那人是一個日本遊客，約莫五十以上年紀，樣子看來很斯文，但這時候，他的臉色卻是一片土黃色。

小說中常有一個人在受到了驚嚇之後，「臉都黃了」之句，這個日本人那時的情形，就是這樣，而且，他那種驚悸欲絕的神情，也極少見。

當我將他拉了回來之後，他甚至站立不穩，而需要我將他扶住。

這一切，全只不過是在十幾秒之內所發生的事，是以當我扶住了那日本人，抬頭向前看時，所有的人，還未曾從驚愕中定過神來。

那輛旅遊車仍然停在酒店門口，本來在車上的人，都從窗口探出頭來，向外張望着，許多和我同電梯下來的日本遊客，都在車前，準備上車。

在車門前，還站着一個十分明艷的女郎，穿著很好看的制服，看來像是旅行社派出來，引導遊客參觀城市風光的職員。

眼前的情形，一點也沒有異常，但是我卻知道，一定曾有什麼極不尋常的事發生過，因為我扶着的那日本人，身子還在劇烈地發着抖！

我立時用日語問道：「發生了什麼事，這位先生怎麼了？」

直到我出聲，才有兩個中年人走了過來，他們也是日本遊客，他們來到了我的身前，齊聲道：「鈴木先生，你……怎麼樣了？」

日本人的稱呼，尊卑分得十分清楚，一絲不苟，那兩個日本人的稱呼至少使我知道，被我扶住了在發抖的那個日本遊客，鈴木先生，是一個有十分崇高地位的人。

那位鈴木先生慢慢轉過身來，他臉上的神情，仍然是那樣驚悸，我看到他在轉過身之後，只向那位旅行社的女職員望了一眼，又立時轉回身。

這時，更多日本遊客來到了我的身前，有兩個日本人甚至爭着推開我，去扶鈴木，他們紛紛向鈴木發出關切的問題，七嘴八舌，而且，個個的臉上，都硬擠出一種十分關心的神情來。

我不再理會他們，走了開去。

我在經過那女職員的身邊之際，我順口問了一句：「發生了什麼事？」

那位明艷照人的小姐向我笑了笑：「誰知道，日本人總有點神經兮兮的。」

我半帶開玩笑地道：「他好像看到了你感到害怕！」

那位小姐很有幽默感，她道：「是麼，或許是我長得老醜了，像夜叉！」

我和她都笑了起來，這時，我看到兩個人扶着鈴木，回到酒店去。在走進了酒店的玻璃門之後，鈴木又回過頭，向外望了一眼。

他望的仍然是那位導遊小姐，而且，和上次一樣，仍然是在一望之後，就像是見到了鬼怪一樣，馬上又轉過頭去，這種情形，看在我的眼中，已是第二次了，我的心中，不禁起了極度的疑惑。

剛才，我和那位小姐那樣說，還是一半帶着玩笑性質的，但是這一次，我卻認真，我道：「小姐，你看到沒有，他真是看到了你，感到害怕！」

那位小姐做了一個無可奈何的姿勢，我卻不肯就此甘休，我道：「這個日本人叫鈴木，你以前曾經見過他？」

那位小姐搖頭道：「當然沒有！」

又過了一會，扶着鈴木進去的那兩個人出來，一個道：「鈴木先生忽然感到有點不舒服，不能隨我們出發，讓他獨個兒休息一下！」

那位小姐也不再理會我，只是照顧着遊客上了車，還好，當她也登上車子的時候，她總算記得，向我揮了揮手。我仍然站在酒店門口，在烈日下，回想着剛才所發生的事情。

我大約想了兩三分鐘，連我自己也感到好笑，這一件事，可以説和我一點也不相干，要我在這裏曬着太陽，想來想去，也不知為什麼？

我聳了聳肩，向前走了出去，可是，當我到了對面馬路，轉過身來，看到了巍峨的酒店之後，我卻改變了主意。我感到，這件事，可能不那麼簡單，那位鈴木先生，顯然是對那位導遊小姐感到極度的害怕！

那是為什麼？那位小姐，從來也未曾見過鈴木先生——這一點，我可以肯定，因為那位小姐的態度，一直那麼輕鬆。

我的好奇心十分強烈，有的朋友指出，已然到了畸形的程度。也就是說，我已經是一個好管閒事到了令人討厭程度的人！

我承認這一點，但是我卻無法改變，就像是嗜酒的人看到了美酒就喉嚨發癢一樣，我無法在有疑點的事情之前控制我自己。於是，我又越過馬路，走進了酒店。

我來到了登記住客的櫃枱前：「有一批日本遊客住在這裏，我需要見其中的一位鈴木先生，請問他住在幾號房間？」

櫃枱內的職員，愛理不理地望着我，就像是完全未曾聽到我的話一樣。

我也不去怪他，只是取出了一張鈔票來，摺成很小，壓在手掌下，在櫃枱上推了過去。

為了與我不相干的事，我甚至願意倒貼鈔票，可知我的好奇心之重，確然有點病態了！

我又道：「我是一家洋行的代表，有重要的業務，要和鈴木先生談談。」

那職員的態度立時變了，他道：「讓我查一查！」

他翻着登記簿，然後，將登記簿向我推來，在推過登記簿來的同時，他取過了那張鈔票。我看到了鈴木的登記：鈴木正直。他住的是一六〇六室。

那職員還特地道：「這一批遊客，人人住的都是雙人房，只有他一人住的是套房，他是大人物？」

我笑了笑：「可以說是。」

我之所以如此回答，是因為我也不敢肯定。

因為，就一般的情形來說，重要地位的人，很少會跟着團體出去旅行的，他們不在乎錢，自然會作私人的旅行，而不會讓旅行團拖來拖去。

可是，鈴木正直和別的團員，顯然又有着身分上的不同，至少他獨自住一間套房。

我離開了櫃枱，走進了電話間，撥了這間酒店的電話：「請接一六〇六室，鈴木先生。」

在那時候，我只是準備去見一見這位鈴木先生，至於我將如何請求和他見面，我還未曾想清楚。

電話鈴響了沒有多久，就有人來接聽，也就在那一剎間，我有了主意，我道：「鈴木先生？」

鈴木的聲音，聽來充滿了恐懼和驚惶，我甚至可以聽到他的喘息聲，他道：「誰，什麼人？」

我道：「對不起，我是酒店的職員，聽說你感到不舒服，要我們代你請醫生？」

鈴木像是鬆了一口氣：「不必了，我沒有什麼！」

我又道：「鈴木先生，有一位小姐要見你，是不是接見她？」

鈴木發出了「咽」地一下怪聲，好一會沒有出聲，過了足有半分鐘之久，他才道：「一位小姐——什麼人？」

我笑了笑：「就是你一見到了她，就大失常態，感到害怕的那位。」

那便是我在電話撥通之後，想出來的主意。雖然我和那位導遊小姐談過話，她說根本不認得鈴木，可是鈴木分明是見到了那位小姐就害怕，是以我特地在電話中如此說，想聽聽他的反應。

我預料到鈴木必然會有反應的，可是我卻未曾料到，鈴木的反應，竟會來得如此之強烈。

我在電話中，突然聽到了一下驚呼聲，緊接着，便是「砰」地一聲響，顯然是電話聽筒，已被拋了開來，接着，又是一下重物墜地的聲響。

從那一下重物墜地聲聽來，好像是這位鈴木先生，已經跌倒在地了。

我又聽到，一陣濃重的喘息聲，自電話中傳出來，同時聽到鈴木以日語在高叫：「不會的，不會的！」

他的那種叫聲，真是令人毛髮直豎！

我也不禁陡地呆住了，我感到這個多管閒事的電話，可能會引致一項十分嚴重的意外，我連忙放下了電話，上了電梯。

在十六樓，我找到了侍應生，道：「一六〇六室的鈴木先生，可能有意外，你快打開門看看。」

侍應生奇怪地望定了我：「你怎麼知道？」

我大聲喝道：「別問我怎麼知道，快去開門！」

侍應生很不願意地到了一六〇六室的門口，他先敲着門，叫道：「鈴木先生！」

他才叫了一聲，突然聽得房內發出了一聲怒吼道：「滾開，別來打擾我！」

那正是鈴木的聲音，我認得出來。

侍應生立時轉過身來，向我怒瞪了一眼，我也被鈴木的那一下怒喝聲，嚇了一大跳，侍應生顯然已不準備再敲門了，我走向前，剛準備再去敲門時，門內傳來了「砰」地一聲，像是有人重重地撞在門上，接着，鈴木又叫道：「滾，滾，別來找我，別來找我！」

鈴木的聲音，就在門後傳來，可知剛才是他撞到了門口。我道：「鈴木先生，我有話和你說！」

門內靜了片刻，才聽得鈴木厲聲道：「你是什麼人？」

我實在十分難以回答這個問題，我不能再冒充是酒店的職員，因為酒店的侍應生，就在我的身邊。我也不能將自己的姓名說出來，因為「衛斯理」三個字，對於一個遠自日本來的人，毫無意義。

但是，我還是立時有了答案，我道：「我是旅行社的代表，鈴木先生，你不能參加集體的遊覽，我想為你安排一下個人的行程。」

我這樣說的原因，一方面是名正言順，可以防止侍應生的起疑，另一方面，我想鈴木看到了那位導遊小姐，神態如此怪異，那麼，他或許想會晤一下旅行社中的人，打探一下那位導遊小姐的來歷。

我不知道我料想的兩點，哪一點起了作用，而在我回答了他的問題之後，過了不多久，門便打了開來，鈴木就站在門後。

一看到了鈴木，我又吃了一驚，他的神色十分駭人，面色慘白，眼睛睜得老大，而且眼中，佈滿了紅絲，臉上籠罩着一股極其駭人的殺氣。他雖然已有五十出頭年紀，可是身體仍然很精壯，當門而立，似乎像一頭想朝我撲過來的餓狼。

我呆了一呆之後說：「可以進來麼？」

鈴木伸出頭來，在走廊中看了一眼，走廊中並沒有什麼人，他的神情也好像安定了些，他向那侍應生道：「剛才是你打電話給我？」

那侍應生忙道：「沒有，先生！」

鈴木又呆了一呆，才向我點了點頭，示意我可以進去，我走了進房，他就將門關上。

我本來以為他可能認識我，因為在酒店的大門口，我曾被他撞中，並且扶了他好幾分鐘，然而，他竟像是根本未曾見過我，由此可知，在酒店門口時，他極度慌亂，根本不知道扶住他的是什麼人！

鈴木的神態已經鎮定了很多，他站在我的面前，我始終覺得他站立的姿勢很怪異，看來使人很不習慣。但是我不多久，就知道他一定是軍人出身，那種筆挺站立的姿勢，除非是一個久經訓練的軍人，普通人是不容易做得到的。我先開口：「鈴木先生，希望你很快就能夠恢復健康，遊覽本市。」

鈴木掩飾地道：「不要緊，我本來就沒有什麼，可能是……是天氣太熱了！」

我順着他的口氣：「是啊，這幾天，天氣真熱，請問，你對導遊小姐方面，有什麼意見？」

我是故意那樣說的，目的仍然是要看鈴木的反應，鈴木的身子陡地一震，他呼喝似地道：「你那樣說，是什麼意思？」

我已經一而再，再而三地試出了鈴木對那位導遊小姐的異常反應，而且，他連對「導遊小姐」這個名詞的反應，也是不尋常的。

我假裝不知道，只是道：「我的意思是，如果你要進行個人的遊覽，我們可以特別為你派出一個職員。」

鈴木坐了下來，又示意我坐下，我以手托着頭，像是在深思着什麼，在這一段時間中，我也不出聲。過了好一會，他才道：「今天，就是剛才他們集體去遊覽時，那位……導遊的小姐，是什麼地方人？」

鈴木終於向我問起那位小姐來了，可是，他的問題，可以說是十分怪異的，因為他不問那位小姐叫什麼名字，而只是問她是什麼地方人？

為什麼他要那樣問？那樣問的目的，又是什麼？

我那時全然得不到答案，我只是道：「不知道，雖然我和她是同事，她講本地話、英語和日語，先生，你認識這位小姐麼？」

鈴木的雙手亂搖，額上青筋也綻了出來，他以一種十分慌張的語氣道：「不，不認識，根本不認識！」

然後，他的手微微發着抖，拿起一張報紙來，遮住了他自己的臉：「我……請你替我安排，我想立即回日本去！」

我心中的疑惑更甚，這時，肯定的是，鈴木的心中，一定感到了極度的恐懼，雖然他竭力企圖掩飾這種恐懼，但是他的恐懼，還是那麼明顯地流露了出來。

其二，他的恐懼，是來自那位美麗、活潑的導遊小姐。

其三，他的恐懼是如此之甚，以致他甚至不敢再逗留下去！

當我想到了這三點的時候，我站了起來，冷冷地道：「鈴木先生，如果你在逃避什麼，那麼，就算你回到日本，也逃不過去的！」

如果說，我以前的話，刺激了鈴木，那麼，這種刺激，和現在的情形相比較，簡直完全不算得什麼了。這時，我的話才一出口，鈴木的雙手，陡地一分，那張報紙已被他撕成兩半。他人也立時霍地站了起來，雙眼瞪着我，面肉抽搐着，他的那種神情，實在是駭人之極！

我的目的就是要刺激他，以弄明白他心中的恐懼，究竟是什麼！所以，當他的神情，變得如此之可怖之際，我仍然只是站在他的面前，冷冷地望着他。

可是，接下來發生的事，卻是我意料不到的了！只見他陡地跨向前來，動作極快，突然一聲大喝，一掌已經向我劈了下來。

我自然不會給他那一掌劈中，向後一閃，就已經避開了他那一掌，但是他左腳緊接着飛起，「砰」地一聲，踢中了我的左腿。

那一腳的力道，可以說是十分沉重，我身子一側，跌倒在地氈上，而鈴木繼續大聲吼叫着，轉身向我，直撲了過來。

第二部

上天無門入地無路

看他的那種神情，分明是想撲過來，將我壓在他的身下，再來殺死我。

我之所以感到他想殺死我，全然是因為他那時那種窮兇極惡的神態，我在地上一個轉身，一腳踢出。

我是算準了方位踢出去的，「砰」地一聲，那一腳踢中了他的面門，不但令得他向後仰去，而且使得他的鼻孔鮮血長流。我則手在地上一按，躍了起來。

可是鈴木一點也沒有停手的意思，他繼續狂吼着，順手拿起了一張椅子，雙手握着椅腳，向我直劈了過來。看那種情形，像是他手中握的，不是一張椅子，而是一柄鋒利的大刀。我接連閃避了三次，閃開了他的襲擊，門外已傳來急速的敲門聲和喝問聲，鈴木擊不中我，用力將椅子向我拋了過來。

就在這時候，房門打開，兩個侍者走進來，那張椅子，向着他們直飛了過去，幸而一個侍者機靈，忙將門一關，椅子「砰」地一聲，擊在門上。

那兩個侍者接着衝了進來，鈴木像是瘋了一樣，指着我，叫道：「拉他出去，打死他！」

那兩個侍者自然是聽到了房間中的爭吵聲和鈴木的狂吼聲之後趕來的，他們一進來，見到鈴木血流披面，已經嚇了一大跳，鈴木那一句狂吼，是用日語叫出來的，那兩個侍者立時想來捉住我。

我等他們來到了我的身前，才大喝一聲：「別碰我，你知道這傢伙剛才在叫什麼！他要你們將我拉出去，打死我！」

那兩個侍者一聽，登時呆住了，一起轉過頭，向鈴木望了過去。我冷然對鈴木道：「鈴木先生，你以為現在是什麼時代？是日本皇軍佔領了別人的土地，可以隨意下令殺人的時代？」

我已經綜合了好幾方面的觀察，可以肯定鈴木這傢伙，以前一定是軍人，而他剛才的呼叫，又是如此的狂妄，是以我才狠狠地用話諷刺他。

鈴木一聽到我的話，起先只是呆呆地站立着，後來，嘴唇發着抖，像是想説話，但是卻又一點聲音也發不出來，他面上的肌肉，仍在不住跳動。

這時，一個侍役領班也走了進來，便「啊」地一聲：「流血了，鈴木先生，快報警，快召救傷車！」

他一面叫着，一面向我望了過來，我冷笑道：「是我打的，這日本烏龜不知讓別人流過多少血，現在讓他流點鼻血，看你如喪考妣，那麼緊張幹什麼？」

侍役領班被我罵得漲紅了臉，向外退去。

我伸出手來，直指着鈴木的鼻子，喝道：「鈴木，你聽着，我還會來找你，而且，還會帶着你最害怕的人來，你心中知道你為什麼怕她。」

鈴木在剎那間，變得臉如死灰，他連連向後退去：「別……別……千萬不要……」

我轉過身，大踏步走向外，電梯到了，我大模大樣走了進去，落到了酒店大堂，又出了酒店。

當我再度走出酒店，烈日曬在我頭上之際，我的心中仍然很亂，我也想不到自己會如此沉不住氣，以致和鈴木的會面，演變成如此結果。但是老實說，對一個瘋狂般叫着要殺人的日本鬼子，如果能沉得住氣，那才算是怪事了。

我走了幾條馬路，才招了街車，回到了家中。

白素不在家，我一個人生了一會悶氣，才打了一個電話給小郭：「小郭，派你最得力的手下，或是你自己，替我調查兩個人！」

小郭忙道：「好啊，替你做事，永遠都會有想不到的結果。那兩個是什麼人？」

我道：「一個是XX旅行社的一位導遊小姐，她今天帶着一批日本遊客，在XX酒店門口，搭一輛旅遊巴士去遊覽，記得，要查清楚她是什麼地方的人。」

小郭笑了起來：「喂，不是吧，七年之癢？」

我不禁有點冒火：「扯你的蛋！」

小郭嚇了一跳，因為我很少那樣發脾氣，他不敢再開玩笑了：「另一個呢？」

我道：「那個人叫鈴木正直，現在住在XX酒店的一六〇六室，他是和一團體來遊覽的，我要知道他的過去、現在的情形。」

小郭道：「好，盡快給你回音。」

我放下了電話，電話鈴立時又響了起來，我一拿起電話，就聽到了傑克上校的聲音：「衛斯理，你又惹麻煩了！」

我倒呆了一呆，不知道他的消息，何以會如此之靈通，我道：「什麼意思？」

傑克上校道：「一個日本遊客在酒店房中被打，據侍者形容，這個人十足是你。」

我冷笑一聲：「你對日本遊客那樣關心？這樣的小事，也要你來處理？」

傑克有點惱怒：「這是什麼話？警方有了你樣貌的素描，我恰好看見罷了。」

我道：「是的，我在他的臉上踢了一腳，這一腳，可以說是代你踢的，記得你當時在集中營中，如何受日本人的毆打？」

傑克上校叫了起來：「你瘋了，衛斯理，大戰已結束了二十多年，你不能見到日本人就打！」

我道：「自然是，但是當這個日本人，像瘋狗一樣向我撲過來，而且要殺我之際，我也絕不會對他客氣，那一腳沒有踢斷他的骨頭，已算他好運氣了！」

傑克問道：「他為什麼要殺死你？」

我冷冷地道：「關於這一點，你還是去問鈴木正直好，他或者會告訴你。」

傑克上校道：「我們問過他了，他表示決不願再追究，因為他立時就要回國，他已經決定乘搭晚上的一班飛機飛回去。」

我吸了一口氣：「他是今天才來的，忽然又要走了，你不覺得奇怪麼？」

傑克上校道：「覺得奇怪，但是他有行動自由！」

我道：「自然，他有，你在集中營的時候也有？」

傑克上校忙道：「別提集中營，二十多年的事了，你今天怎麼了？」

我道：「沒有什麼？因為有一個日本人用佔領軍的口吻，呼喝着要將我拉出去殺掉！」

傑克上校嘆了一聲：「衛斯理，你太衝動了，鈴木正直是一個很有規模的電子工業組合的總裁，在日本工業界的地位很高。」

我冷笑着道：「那更值得奇怪了，你想想，一個像他那樣有地位的人，為什麼要跟着一個團體到這裏來，而不是單獨地來？」

傑克上校的耐性消失，他吼叫了起來：「那是他的自由，任何人都管不了他！」

我反倒笑了起來：「可是，這件事，我很感興趣，我想弄清楚，究竟為什麼？」

上校應聲道：「我警告你，你不能再生事！」

我笑着：「你放心，照現在的情形看來，是他怕我，而不是我怕他。而且，他有名有姓，就算他回到日本去，我要找他，難道不能跟到日本去麼？」

我在那樣說的時候，原意是要傑克上校不再生氣，並且向他表示，我也無意再惹什麼是非。可是話一出口，我心中陡地一動，這實在是個好主意！

鈴木這傢伙，匆匆忙忙要離去，自然有原因，我不知道什麼原因，但是可以肯定的是，他正在逃避着什麼！

而我既然有意探索事實的真相，我就必須追蹤！

鈴木以為他立時離開，我就不會再出現，我要讓他感到意外，就在飛機上，讓他看到我，看看在飛機上，他見到我的時候，還能夠躲到什麼地方去！

這是一件想起來也使人感到有趣的事，是以我不住地笑着。

傑克上校自然不知道我為什麼而笑，他只是道：「你要記住我剛才所說的話！」

我大聲道：「記住了！」

傑克上校重重地放下了電話，我只停了半分鐘，就通知一個旅行社，代我訂機票，我必須和鈴木同一班機起飛，安排好了之後，我又催小郭快一點給我結果，因為我就要離開。

過了三四小時，小郭滿頭大汗，親自拿着一疊文件，來到我那住所，他一進門，一面抹着汗，一面大聲嚷道：「熱死人了，唉，給你催死了，幸虧我們在日本有聯絡員，總算查到了，請看！」

他將文件夾遞了給我，我先看那位導遊小姐，她叫唐婉兒，二十五歲，江蘇南京人，未婚，任職於順惠旅行社，職位是副經理，收入很好，受過高等教育，曾在日本、美國念過書，社交活動多，是一個時髦女性。

再看鈴木正直的資料，鈴木今年五十二歲，是鈴木電子組合的總裁，出產電子計算機中的精密零件，全廠有一千名工人，是這一業中的佼佼者。鈴木在二次世界大戰之後兩個月，創辦這個組合。據說，他的組合首先是盜賣了美軍的一個倉庫中的電子儀器而成立的，警方曾經追查過這個問題，但是證據不足，沒有結果。

鈴木在大戰之前，是一個流氓，後來從軍，這一部分，資料不很清楚，只記着他曾被編入侵華的先遣部隊，曾在中國各地作戰，在戰爭失敗之前九個月，被調返大本營，當時軍銜是大尉。

我料得不錯，鈴木果然是軍人，而且從現在的年紀來推算，他二十多歲，就當了大尉，可以說是職業軍人。這一點，從他現在的體態上，還可以明顯地看得出來，再也瞞不過人。

而使我莫名其妙的是，鈴木正直和唐婉兒之間，可以說一點聯繫也沒有。

唯一的聯繫，就是唐婉兒曾在日本念過書，而鈴木是日本人。然而這一點關係，就足以構成鈴木一看到唐婉兒，就如此害怕的原因？

我呆呆地思索了半晌，小郭一直望着我，等到我抬過頭來時，他才問我，道：「怎麼樣，滿意麼？」

我道：「謝謝你，但是，我還要託你辦一些事。」

小郭立時點頭答應，可是他卻道：「這件事，好像並沒有什麼古怪的成分，這兩個人，都來得有根有據，不像是外太空來的！」

我瞪了他一眼：「誰說他們是從外太空來的，現在，我只是知道，他們兩人之間，有一種很不尋常的關係在，而這種關係，連唐婉兒本人都不知道，要從鈴木的身上着手調查！」

小郭用心地聽着，並不打岔。

我又道：「鈴木今天晚上就要離開，我準備和他同機去日本，飛機九時十五分起飛，我希望你能夠設法，在八時半之前，找到這位唐小姐，並且說服她到飛機場來，我需要見一見她。」

小郭搔着頭，自然，以他的偵探社的規模而論，就算唐婉兒正在工作中，要找到她，也不是什麼困難的事。困難的是他要說服唐婉兒來找我！

但是小郭只是搔了兩下頭，便爽快地答應了下來：「好的。」

我站了起來，小郭也立時告辭，這時，已將近六點鐘，我沒有多少時間了。

然而，小郭的工作能力，確然十分超人，七點五十分，當我到達機場的時候，他向我直奔了過來，大叫一聲：「你遲到了！」

我看到了他，十分高興，忙道：「唐小姐來了麼？」

小郭拉着我：「來，她在等你！」

我被他拉着，直來到了餐室之中，我一眼就看到了唐婉兒，她已經換過了衣服，更顯得明艷照人，和她在一起的，還有好幾位空中小姐。

小郭拉着我，直來到了桌子前：「唐小姐，這位是衛斯理先生，你們已經見過的了？」

圍着唐婉兒在說話的那幾位空中小姐，看到我們走了過來，就和唐婉兒揮着手，走了開去。

唐婉兒很大方地笑着：「衛先生，我聽說過你，我們日間曾見過了，郭先生說你有重要的事要見我？」

我先坐下來，然後才道：「唐小姐，你還記得那個在酒店門口，一見到你就驚惶奔逃的日本人？」

唐婉兒微笑着，道：「記得，我回旅行社的時候，經理還問我發生了什麼事，因為鈴木先生，忽然之間要回日本去！」

我直視着唐婉兒：「你知道原因麼？」

唐婉兒奇怪地睜大了眼睛：「我？我怎麼會知道，我根本不知道他是什麼人。」

我又道：「唐小姐，你曾在日本念書，你未曾在日本遇見過他？」

唐婉兒搖了搖頭：「我從來也不知道有這樣的一個人，衛先生，你的意思是——」

我吸了一口氣：「我的意思是，鈴木為了某種原因，一看到你，就感到極度的恐懼！」

唐婉兒搖了搖頭：「難道我那麼可怕！」

坐在旁邊的小郭，忽然十分正經地道：「不，誰敢那樣説，我要和他打架！」

我向小郭望去，看到小郭直望着唐婉兒，像是在他的眼前，除了唐婉兒以外，再也沒有別人一樣。我看到這種情形，心中不禁感到有趣，看來，我的好管閒事，意外地使得小郭的生活要起極其重大的變化了！

我又道：「唐小姐，請恕我好奇，你為何會到日本去念書的呢？」

唐婉兒皺了皺眉：「衛先生，我是一個孤兒，我根本不知道自己的父母是誰，我由一對夫婦收養，四歲那年就離開了家鄉，十五歲那年，這對夫婦相繼去世，他們臨死時，將我委託給他們在日本的一個親戚，所以我才到日本去的。」

我「啊」地一聲：「原來是這樣，對不起，不過我很佩服你，你童年的生活雖然不愉快，然而並沒有影響你開朗的性格。」

唐婉兒高興地笑着：「我的養父養母待我極好，在日本的嬸嬸也完全當我是自己人一樣。」

我已經了解了唐婉兒的很多情形，而且，無論從哪一方面來看，她都沒有理由認識鈴木，我也實在沒有什麼再可以問的了。

唐婉兒反倒道：「衛先生，你要到日本去，我要託你去看看我那位嬸嬸——我這樣稱呼她，我已有兩年沒有見她了，好想念她。」

我順口道：「好的，請你給我地址，我一定去拜候她，真對不起，打擾了你！」

唐婉兒給了我一個東京的地址，她的那位「嬸嬸」原來是日本人，不過嫁給了一位中國華僑，那位中國華僑，就是唐婉兒養父母的堂弟。

唐婉兒對我客氣，只是淡然一笑，道：「不算什麼，而且我還認識了你。」

小郭又陡地冒了一句話出來：「還有我啦！」

唐婉兒笑得很甜：「自然還有你，大偵探！」

小郭得意地笑了起來，我們三個人談談笑笑，時間過得很快。等到第二次呼叫的時候，我們就離開了餐室，他們送我進了閘口。

我在等候着檢查證件的時候，回過頭去，看到了唐婉兒和小郭，已經轉過身，向外走去，小郭正在指手劃腳，不知說着什麼。

小郭和我相識，將近八九年了，我還是第一次看到他對一個女孩感到這樣大的興趣。如果他的生活竟因此而改變，那真是意料之外的事情了。

晚上，天氣一樣悶熱，一直到進了飛機，才感到了一陣清涼。

一上飛機，我就看到了鈴木！

頭等位的乘客並不多，我看到鈴木的時候，鈴木正托着頭，閉着眼睛，樣子像是很疲倦，他並沒有看到我，我也不去驚動他，來到了自己的座位坐下。

我知道，如果這時我再驚動他的話，他一看到了我，一定會跳下飛機去的。

我要等到飛機起飛之後，才突然出現在他的面前，那時，他想逃避我，也可以說是上天無路，入地無門了。

我和鈴木，其實並沒有什麼過不去，他曾叫人將我拉出去殺掉，自然很引起我的不快，但是也不足以構成仇恨。可是，我對他卻有說不出來的一種厭惡，那種厭惡，幾乎是與生俱來的，也許，那是因為我是中國人，而他是一個曾經屠殺過中國人的日本鬼子之故。

我坐在鈴木的後面，可以看到他的一切動作，他一直撐着頭，直到空中小姐來請旅客繫上安全帶，他才動了一動，抬起頭來。

從他的神色看到，他像受了很深的刺激，他向空中小姐要威士忌，一大口就喝了下去。

鈴木再度閉上了眼睛，這時，飛機已漸漸在跑道上移動，終於，飛機在噪耳的聲音之中，飛上了黑暗的天空。

從現在起，到到達目的地止，有好幾小時的時間，在那段時間中，鈴木將對我避無可避，躲無可躲！

我鬆開了安全帶，鈴木旁邊的位子空着，當我向他走過去的時候，他也正在鬆開安全帶，我在他身邊坐了下來：「鈴木先生，你好！」

鈴木陡地抬起了頭，我望定了他。

在剎那之間，他的臉色變得蒼白之極，他的雙手仍然執着安全帶，由於他的手在劇烈地發着抖，以致安全帶上的銅扣子相碰，發出了一連串「啪啪啪」的聲響。

鈴木看到了我，顯得如此之驚愕，這本是我意料中的事情，我向他笑着：「真是太巧了，想不到我們會在同一架飛機上！」

我講完了之後，還打了一個哈哈，這時候，空中小姐走了過來，我拍着鈴木的頭，對空中小姐道：「想不到我在飛機上碰到了老朋友，小姐，你不反對我離開原來的位置，坐到這裏來吧！」

空中小姐帶着職業的微笑：「請隨便坐！」在那一剎時間內，鈴木一直在發着抖，他的嘴唇也在顫抖着，看來是想説話，但是卻又不知説什麼才好，我一直望着他。

直到空中小姐走了過去，他才呻吟似地道：「你，你究竟想要什麼？為什麼要跟着我？」

我若無其事地道：「誰準備跟着你？我只不過恰巧是在這架飛機上，對於白天，我冒認是旅行社職員一事，我向你道歉！」

鈴木躬着身子，準備站起來，我卻冷冷地道：「在飛機上，不論你躲到什麼地方去，都是在飛機上！」

鈴木半站着身子，呆了一呆，又坐了下來。

當他又坐下來之後，他的神態已經鎮定了許多，非但鎮定，而且還望着我冷笑起來。

這倒使我有點愕然，我預期他會繼續驚惶下去的，可是看來，現在他似乎沒有什麼害怕了。

他愈是害怕，我愈是佔上風，如果他根本不將我當作一回事，我當然也沒有什麼把戲可出！

所以，我一看到他的神態變得鎮定，我便決定向他提起唐婉兒來，因為唐婉兒是他恐懼的根源。

我直視着他：「你還記得，你曾經向我問起過那位小姐是什麼地方人？」

鈴木一點反應也沒有，看來他對這件事，對唐婉兒已不再有什麼特殊的敏感了。我看到這種情形，心中不免暗叫糟糕。

我只好再發動進攻，道：「我想你在中國住的日子一定不短，這位小姐，是江蘇省南京市人，這個答案，對你有用麼？」

鈴木顯然立即崩潰了。

他還勉力在維持着鎮定，但是他蒼白的臉上，汗珠不斷地冒了出來。

我冷笑了一下，我初步的目的已經達到了，他感到如此之驚懼，我又「哈哈」一笑，將椅背放下，舒服地躺了下來。

我一躺下來，鈴木立時轉過身來望定了我，他在繼續冒汗，面肉抽搐着。過了足足有五分鐘之久，他才喘着氣，喃喃地道：「南京？」

我點頭道：「不錯！」

他猝然之間，用雙手掩住了臉，我直起了身子，在他的耳際道：「鈴木正直，你為什麼對這位小姐感到如此恐懼，快講出來！」

我以為，我不斷對他的神經加以壓迫，他就會將其中的原委講出來給我聽的。雖然，當他講了出來之後，可能事情平淡得一點也不出奇，但是我的好奇心，總可以得到滿足了。

可是，我卻料錯了，我加強壓迫，還只不過是在初步階段，鈴木已經受不了，我那句話才一出口，他陡地站起來，尖叫了起來。

他發出的那種尖叫聲，是如此淒厲可怖，艙中所有的人都呆住了，在那一剎間，我也不知該如何才好，只好手足無措地望着他。

鈴木繼續尖叫着，空中小姐和一個機員，立時走了過來，齊聲問道：「發生了什麼事？」

鈴木不回答，他仍然在尖叫着，雙眼發直，而且雙手亂揮亂舞，看他這時的樣子，實在不能說他是一個正常的人，十足是一個瘋子！

空中小姐也嚇得花容失色，忙問我道：「先生，你的朋友，他怎麼了？」

這時，鈴木已經向外衝了出來，一位機員立時上去，想將他抱住，可是鈴木卻吼叫着，力大無窮，一下子就將那位機員推了開去，跌倒在通道上。

我也忙站了起來：「不知道為什麼，他忽然之間，就變成那樣子！」

自然，如果我說得詳細一點的話，我可以說，鈴木一定是受了極度的刺激，是以他才會變成那樣子的。可是，要我說出鈴木究竟是受了什麼刺激，我也說不上來，不如簡單一點算了。

這時，鈴木的情形更可怕了，他不但吼叫着，而且，還發出濃重的喘息聲，那被推倒的機員還未曾起身，鈴木已突然跳過了他，向前衝去。

我連忙跟在鈴木的身後，鈴木一下子就衝到了普通艙。事實上，普通艙中的乘客，早就因為鈴木的怪叫聲，而起着騷動。

鈴木一衝了進去，略停了一停，口中狂叫着，他叫的是什麼，我也聽不清楚，可是座間有好幾個日本人，一起站了起來，那機員這時也到了普通艙，叫道：「快攔住他，這位先生神經不正常！」

那幾個日本人一起奔向前來，鈴木大叫着，雙掌揮舞，向前攻擊。

飛機的機艙中，空隙能有多大？鈴木揮手一攻擊，那幾個日本人，簡直連躲避的餘地都沒有，只好捱打，可是鈴木出手十分重，不幾下，那幾個日本人已然連連後退，女人已開始發出尖叫聲，亂成了一團，機上的職員，也全來了。

我看看再鬧下去，實在不成話了，是以我一步竄了上去，在鈴木的身後，將他攔腰一把抱住。

鈴木自然還在拚命掙扎着，但是我既然抱住了他，他再要掙脱，也沒有那麼容易了。

這時，機長也來了，大聲請各位搭客回到自己的座位上去，我也大聲道：「可有鎮靜劑？這位先生，需要注射！」

機長搖着頭：「沒有辦法，我們需要立時折回去，他怎麼了？」

各搭客聽説要飛回去，都發出了一陣不滿的嗡嗡聲，我也忙道：「不需要折回去，我想我可以制服他！」

機長苦笑着：「你就這樣一直抱着他？不行，機上有一個神經不正常的人，絕不適宜飛行！」

一個曾捱了鈴木掌擊的日本人站了起來，這個日本人顯然在為他的同胞爭面子，他大聲道：「機長，這位先生，是鈴木電子組合的總裁！」

定。」

我笑了一下，道：「別吵，就算沒有藥物，我可以用物理的方法，使他安定。」

我在這樣講了之後，又補充了一句：「我是一個物理治療專家！」

第三部

黑暗之中奇事發生

我那時是抱着鈴木的，他仍然在狂叫、掙扎，我雙肘微縮，肘部抵住了他脊柱骨的兩旁，然後，雙手的拇指，用力按在他頸旁的大動脈上。

這樣做，可以使他的血液循環減慢，尤其可以使他的大腦，得不到大量血液的補充，那麼，就會因為腦部暫時缺氧，而造成一種昏昏欲睡的感覺。

自然，這種手法，可以更進一步（我深信，更進一步，就是傳說中的「點穴」功夫）能夠使人在剎那之間喪失知覺，經過若干時間才醒過來。

在大拇指壓了上去之後不久，鈴木便不再吼叫。

我立時鬆開了手，因為我不想他昏過去，我用力推了他一下，又將他扶住：「鈴木先生，你使所有的朋友都受驚了。」鈴木已經恢復了正常，他臉色灰敗，汗如雨下，有點呆也似地站着。

機長忙向鈴木道：「先生，飛機要折回去，你必須進醫院。」

鈴木一聽，忙道：「不，不，我沒有事，而且，我急需回日本去，請給我一杯酒！」

當鈴木那樣說的時候，所有人都鬆了一口氣。鈴木向所有的人鞠躬：「對不起，真對不起，我為我剛才的行為抱歉，真對不起。」

出門搭飛機的人，誰都不願意飛機折回原地，加上鈴木這時的情形，看來完全正常，是以搭客也就不再追究他剛才為什麼忽然會癲狂，反倒七嘴八舌地向機長說着，叫機長別將飛機飛回原地去。

機長望了鈴木片刻，鈴木仍然在向各人鞠躬，他也就點了點頭，對鈴木道：「那麼，請你回到你的座位上去，如果你再有同樣的情形——」

鈴木忙道：「不，不會的。」

他一面說，一面狡獪地眨着眼：「為了使我可以在以後的旅途中，獲得休息，機長，請你別讓任何人坐在我旁邊的座位上。」

我早就看出了鈴木向所有的人鞠躬、道歉，可就是連看也不向我看一眼。他不向我看的原因，除了害怕和懷恨之外，不可能再有第三個原因。

他這時，向機長提出這樣的要求，也分明針對我，如果機長答應了他的要求，那麼，至少在飛機上，我不能威脅他了。

我不禁冷笑了一聲，事實上，我也根本不想再與他說什麼了。

鈴木在有了如同剛才那樣的反應之後，他內心的恐懼已經暴露無遺。

唐婉兒可以說是一個人人見她都會喜歡的女孩子，鈴木竟對她表示了如此的害怕，原因究竟是什麼，我一定要追查下去。

這時候，機長已經答應了鈴木的要求，回到他自己的座位上，我也回到了自己的座位上。

在接下來的時間中，飛機上完全恢復了平靜，我也合上眼，睡着了。我時睡時醒，只要我一睜開眼，我就可以看到鈴木，他雖然坐着不動，也一樣可以看出他內心的不安，他那種坐姿，僵硬得就像是他的身後，有十幾柄刺刀，對準了他的背脊。

機長不時走過來看視他，在整個旅程上，並沒有再發生什麼事。

然後，空中小姐再次請各人縛上安全帶，飛機已經要開始降落了。

我看到鈴木在對機長說些什麼，他的聲音很低，我聽不到他講的話，但是看他的神情，他像是正在向機長提出某些要求。而機長在考慮一下之後，也點頭答應了。

等到飛機一着陸，我就知道鈴木向機長提出的要求是什麼了。

因為我看到一輛救傷車，正在跑道中，向前疾駛而來，而飛機才一停下，副機師和一個男職員，就扶着鈴木，下了飛機。鈴木是為了逃避我，要求和地面聯絡，派一輛救傷車來接他！

他登上了救傷車，我自然不能再繼續跟蹤他了。

看來，他的確已經冷靜下來，雖然他仍是一樣害怕，但是他已有足夠的冷靜，來想辦法對付我了！

當然，我是不怕他的任何詭計的，因為他逃不了，我可以輕而易舉地找到他。

但是為了報復他的那種詭計，我還是不肯放過他，當他在我身邊經過的時候，我大聲道：「鈴木先生，救傷車只能駛到醫院，不會駛到地獄去！」

鈴木正直陡地震動了一下，他連望也不望我一眼，急急向前走去。

在鈴木走下機之後，我們才相繼落機，那時，救傷車已經駛走了。

我離開了機場，先到了酒店中，那時正值深夜，我自然不便展開任何活動，所以我先好好地睡了一覺，準備第二天一早，先根據唐婉兒給我的地址，去找一找她的那位「阿嬸」，看看唐婉兒在日本的時候，究竟曾發生過什麼不尋常的事。

第二天，我比預期醒得早，我是被電話鈴吵醒的，我翻了一個身，才九點鐘。

這麼早，就有電話來，這實在不是一件正常的事，我拿起電話，十分不願意地「喂」一聲。

我聽到的是一個十分恭謹的聲音：「對不起，吵擾了你，我是酒店經理，有兩位先生，已經等了你大半小時了，他們顯然有急事想見你。」

我略呆了一呆，我之所以會身在東京，全然是一個倉卒的決定，除了小郭和幾個人之外，根本沒有人知道我的行蹤，我在日本的友人，也絕不會知道，但現在，卻有兩個人要來見我！

我略頓了一頓，一時之間，也猜不透來的是什麼人，我只好道：「請他們進來！」

我放下電話，披好了衣服，已傳來了敲門聲，我將門打開，門外站着兩個人，其中的一個見了我，發出了「啊」地一聲。

我也不禁一呆，這個人，我是認識的，他的名字是藤澤雄，他的銜頭是「全日本徵信社社長」，是一個極其有名的私家偵探。

我之所以和他認識，是因為在一件很不愉快的事件之中，地點是在東南亞的一個小國家中。這件事的經過，也極其曲折離奇，但是因為其過程實在太不愉快了，令人厭惡到了連想也不去想的地步，所以我從來也未曾起過要將之記述的念頭。

在那件事情中，我和藤澤，倒不是處在敵對地位的，但這件事之不愉快，只要一想起來，就覺得滿身疙瘩，說不出的不自在，我想是每個人都一樣的，所以在事後，我和藤澤，也從未見過面。

可是現在，他怎知我到日本來的？

我一見到他，他一見到我，我們兩人心中所想的事，分明全是相同的——我們全想起了那件不愉快之極的事情來，所以我們兩人，都不約而同，皺了皺眉。

我道：「藤澤君，你怎麼知道我來的？」

藤澤雄是一個極其能幹的成功型的人物，可是這時，他卻顯得有點手足無措，他道：「我……我不知道是你，衛君，你登記的名字——」

我道：「我用英文名字登記，那樣説來，你不是來找我的了？」

藤澤雄有點尷尬：「我的確是來找你的，我可以進來説話麼？」

我側身，讓他進來，還有一個人，樣貌也很精靈，藤澤介紹道：「這位是我的助手山崎。山崎君，這位衛君，是最傑出的冒險家和偵探，是我最欽佩的人物。」

日本人可以説是世界上最善於奉承他人的民族，但是我倒相信藤澤對我的恭維，是出自內心的。那位山崎先生，立時來和我熱切地握手。

我道：「你還沒有説為什麼來找我？」

藤澤搓着手，看來好像很為難，但是他終於不等我再開口催促，就説了出來：「衛君，有人委託我，説是受到跟蹤和威脅——」

他才說了一句，我就明白了。

我吸了一口氣，打斷了他的話題：「鈴木正直！」

藤澤點了點頭：「是他。既然他所說的跟蹤者是你，那麼情形自然不同了，鈴木先生是工業界的後起之秀，他的為人我很清楚，他是一個極其虔誠的佛教徒，我不明白你為什麼要針對他而有這一連串的行動。」

我聽得出，藤澤的話，雖然說得很客氣，但是事實上，已然有責備的意思。

我聳了聳肩：「我不和你說假話，我為什麼要跟蹤他，連我自己也不明白，而這正是我要跟蹤他的原因。」

我的回答，聽來好像很古怪，但是像藤澤雄那樣的人物，他自然是可以知道我話中的真正意思的。

在他皺着眉的時候，我又道：「或許你去問鈴木，他比我更明白得多！」

藤澤不出聲，過了好久，他在問我可不可以坐下來之後，坐了下來，又是好半晌不出聲。

我望着他：「你不妨直説，如果你看到的不是我，那麼你準備怎麼樣？」

藤澤道：「我會向他解釋跟蹤威脅所構成的犯罪行為，勸他及時收手，趕快回去，別再來騷擾鈴木先生，可是那對你沒有用。」

我道：「當然沒有用，而且你必然還知道，我所以這樣做，一定是有原因的。」

藤澤苦笑了一下，我又道：「我不知道你的職業有沒有規定，在你接受了一個人的委託之後，就不能再反過來調查這個人！」

藤澤雄站了起來：「在一般情形而言，當然不可以，但如果情形特殊的話，那就不同，你知道，我們也有信念，信念便是追求事實的真相。」

我笑道：「那太好了，我想，你可以請山崎君先回去，我要和你詳談。」

藤澤對他的助手説了幾句話，他的助手鞠躬而退，我請他等我一等，洗了臉，和他一起離開了酒店。

當我們離開酒店，在街頭漫步的時候，我們誰也不出聲，那天恰好下着細雨，街上的人，都有一種行色匆匆的感覺。

直到我們走進了一家小吃店，喝過了熱茶，我才道：「鈴木這樣的人，會對一位很美麗的小姐，有着難以形容的恐懼，你猜得透其中的原因麼？」

藤澤瞪大了眼望着我，他顯然不明白我這麼說是什麼意思。

於是，我就將我目擊的事，以及我後來去求見鈴木，再度和唐婉兒會面的事，和藤澤講了一遍。

藤澤只是低着頭聽着，一點也不表示意見。直到我講完，他才道：「這是不可能的事啊。」

我點頭道：「我也那麼想，所以我要追查其中的原因。而最好的解決辦法，便是我和你一起去見鈴木，要他講出原因來。」

藤澤搖頭道：「照你所說的情形看來，他一定不肯說出來，而且，極可能是基於私人的原因，我們也沒有權利逼他一定要說出來！」

藤澤講到這裏，連他自己，都感到有點不好意思，因為他偏袒鈴木的意思太明顯了。

我搖着頭：「我絕不那麼認為，我以為一定有很古怪的原因，你是繼續阻止我調查呢？還是協助我，和我一起調查？」

藤澤雄呆了半晌，望着我：「我要調查，但不是為了你，而是為了我的委託，我也要弄清楚你究竟為什麼要跟蹤他，才能採取下一步行動！」

我笑了笑，藤澤雄回答，實際上是他協助我調查。他之所以換了一個說法，全然是因為他的自尊心而已。

我道：「你可以放心的是，我絕不會再去騷擾鈴木，事實上，他可以根本拒絕見我，但是不到事情水落石出，我決不會罷手。」

藤澤雄嘆了一聲，喃喃地道：「我和鈴木認識了好幾年，他實在是一個好人。」

我提醒他，道：「所謂『好人』，各有各的標準！」

藤澤有點無可奈何地點着頭，我們又談了一些別的事，我盡量向他了解鈴木的為人，聽來，他也不像對我有什麼隱瞞。

我們在小吃店中消磨了兩小時左右，高高興興地分手，我去找曾經照顧過唐婉兒的那個日本婦人，當我見到那日本婦人的時候，第一個印象就是她極其和藹可親，我相信唐婉兒在日本的那段日子，一定很愉快。

她對我說了很多唐婉兒的生活情形。但是卻沒有任何一件事，可以和鈴木正直扯得上關係。

在殷勤的招待下，一直到天黑，我才告辭。雨下了一整天，到天黑之後，雨下得更大，我在未找到街車回酒店之前，沿街走着，我突然想起，藤澤曾告訴過我鈴木的地址。

我要弄明白事情的真相，設法了解唐婉兒的生活，自然是重要的，但現在已經證明此路不通，那麼，我就必須進一步去了解鈴木了。

現在，天色那麼黑，我想，我可以偷進鈴木的住宅去，而不被任何人發覺。

所以，當我登上了街車之後，我就吩咐司機，駛向郊外。我決定冒一次險。

既然我已不可能和鈴木正面接觸，而且，他已對我敵對到了聘請全日本最有名的私家偵探來對付我的程度，我也只好行此一着了。

東京郊外的地形我並不熟，所以，在車子駛近鈴木的住宅之後，我叫司機停車，待司機離去，我又走了回來，來到了圍牆之旁。

那是一幢很大的日本式房子，有着環繞屋子的花園，花園中種着許多樹。日本式的花園，有一個特點，就是能夠藉巧妙的佈置，使小小的一塊空地，變得看起來相當大。

這時，除了門口，有兩盞水銀燈之外，整個花園和房子，都是黑沉沉的。我在圍牆旁站立了片刻，雨更密了，我聽不到有狗吠聲。是以，我翻過了圍牆，開始接近屋子，我很順利就來到了屋子正面的簷下，四周圍靜到了極點。

我想鈴木可能還在醫院中，不在家裏。不論他在不在，我到了他的家中，能夠了解一下他的生活，總是好的。

我在簷下站了一會，花園中的樹木全被雨水淋濕了，有一股幽黯的光芒，自葉上反射出來。

我去移大堂的門，竟然應手而開，我閃身進去，眼前十分黑暗，但是我可以看出，屋子中的一切，全是傳統的日本佈置。

我脫下了鞋子——那當然不是為了進屋必須脫鞋子的習慣，而是為了使我在走動的時候，不致於發出聲音來。

我向前走了幾步，整間屋子，黑暗而沉靜，我置身其中，有一種說不出的詭異之感。

而這種詭異之感，在我突然聽到了一陣「卜卜」聲有規律的傳了過來之後，達到了頂峰。

那一陣緩慢而有節奏的「卜卜」聲，從大堂的後面，傳了過來。

才一聽到那種聲響的時候，我嚇了一跳，立時站定了腳步。接着我便想：這聲音聽來很像是木魚聲，但這裏又不是廟，如何會有木魚聲傳出來。

可是，我立時又想到，藤澤曾告訴過我，鈴木是一位虔誠的佛教徒。那麼，是不是他在裏面敲木魚呢？

我的好奇心更甚，我輕輕地向前走去，當我又移開了一道門之後，木魚聲聽來更清楚了。而當我轉過了走廊的時候，我看到了鈴木的影子。

鈴木在一間房間之中，那房間中也沒有點燈，只不過點燃着兩枝蠟燭，燭火昏黃，不是很光亮，但已經足以將跪在地上的鈴木的影子，反映在門上。

日本式的屋子，門是木格和半透明的棉紙，我可以清楚地看出，那是鈴木，他正跪在地上，有一隻木魚在他的身前，他在一下又一下地敲着。

在呆立了片刻之後，我又繼續向前走去，燭火在搖晃着，以致鈴木的影子也在搖動，看來就像是他隨時準備站起來。

我幾乎每向前走出一步，就要停上片刻。但事實上，鈴木一直在敲着木魚，一點也沒有起身的打算，我終於來到了門前，然後，以慢得令人幾乎窒息的慢動作，將門慢慢移開了一道縫。

我從那道縫中，向內望去，看到了鈴木的背影。

鈴木跪伏在地上，他的額頭，碰在地上，手在不斷地敲着木魚。

一個人要維持這樣的姿勢，並不是容易的事，而鈴木跪了很久。這似乎超越了一個佛教徒的虔誠了。

同時，在木魚聲之外，我還聽到，鈴木在發出一種極低的、斷斷續續的呻吟聲。

那種低低的呻吟聲，低得幾乎聽不見，然而一聽到了之後，卻是驚心動魄，令人毛髮直豎。因為在鈴木的呻吟聲中，包含了一種難以形容的痛苦，這種聲音，似乎不是從一個人口中吐出來，而是在地獄中正受着苦刑的鬼魂所發，透過厚厚的地面傳了上來。

我不能肯定鈴木在做什麼，我只好再打量裏面的情形。

我看到，在鈴木的前面，是一張供桌，桌上點着蠟燭，燭火搖曳。

那桌上還放着很多東西，可是卻不是十分看得清楚，看來，像是一個又一個大大小小的布包。

整間房間很大，但除了那張供桌之外，什麼也沒有，顯得空空洞洞，說不出的不自在。

我在門外，佇立了很久，才看到鈴木停止了敲打木魚，慢慢地抬起頭來。當他抬起頭來的時候，我看到他的身子在發着抖，同時，我聽到他以顫抖的聲音道：「別……來……找我！」

他重複着那句話，足足重複了七八十次，才慢慢站了起來。

當他站起來之際，我身子一閃，閃開了七呎，躲在陰暗處，因為我知道他要出來了。

果然，我看到了他吹熄了一枝燭，又拿起另一枝燭，移開門，走了出來。燭火照在他的臉上，他臉上的那種神情，我並不陌生，他好幾次就是以那種害怕之極的神情對着我的，但這時，在他的神情之中，還多了一股極其深切的痛苦。

看到他的那種神情，我倒幾乎有一點同情他了，因為一個人如果不是心地痛苦之極，要在臉上硬裝出這樣的神情來，是不可能的。

鈴木的雙眼發呆，向前走着，並沒有發現我。我也曾考慮過突然現身，但是我想到，在如今那樣的情形下，如果我突然現身的話，可能會將他嚇死。

所以，我仍然站着不動。

一直等到鈴木走遠了，我才吁了一口氣，那時候，我唯一的念頭便是：進去看一看，供桌上的那些布包裹面，是什麼東西。

我先伏了下來，將耳貼在地板上，直到聽不到腳步聲了，才站起來，移開那扇門，閃身而入。

當我來到了供桌前，手按在供桌上的時候，突然之間，供桌像是向前移了兩吋。

那絕不可能是我的幻覺，而是供桌真的移動過了。

屋子中黑成一片，我幾乎什麼也看不見，在那一剎間，我不禁毛髮直豎！

而也就在那一剎間，我突然感到，隔着供桌，有一個人站了起來。

我真的只是「感到」，而不是看見！

因為天色黑，我根本看不見，因為供桌不過兩呎來寬，在供桌之後，陡然多了一個人，我可以感覺得到！

我不禁僵住了！

那是一種十分恐怖的感覺，當你懷着鬼胎，在黑暗之中摸索的時候，忽然之間，感到黑暗中另外有一個人在，那實在令人不知所措。

我僵立着，一動也不動，房間之中，根本沒有任何聲響，但是我那種感覺，並未曾消失。相反地，反倒增加了幾分恐怖感。

由於房間中如此之黑，如此之靜，使我進一步感到，和我隔着供桌而立的，可能根本不是一個人，而是一個幽靈！

我無法估計我呆立了多少時間，大概足有三五分鐘之久，我的手指才能開始移動。

那時候，我已比剛才發現有人的時候，鎮定得多了，我想到，我突然之間感到黑暗中有一個人，而感到了如此的震驚，那麼，對方的感覺，一定也是和我一樣的，他一定也因為突然覺出了有人，而屏住了氣息，所以房間中才會靜得一點聲音也沒有。

我怕他，他也一樣怕我！

他是什麼人呢？如果他也感到害怕的話，那麼，他一定也是偷進來的了！

我一面想，一面慢慢地伸出手指去。

我的手指，先碰到了桌子的邊緣，然後，又移上了桌面。當我的手按上了桌面之際，我略停了一停，我用心傾聽，想聽到一點聲響，但是除了聽到在花園中，約略有一點沙沙聲之外，房間之中，真是一點聲響也沒有。

上。

我又停了片刻，手貼在供桌的桌面之上，慢慢向前移動着。

不一會，我碰到了那個放在供桌上的包袱。

我曾經看見過這個包袱，當鈴木跪在供桌前的時候，那個包裹，就在供桌上。

我自然不知道那個包裹中有些什麼，但是鈴木既然將之放在供桌上，並且對之跪拜，那麼，其內一定有着極重要的東西，這可以肯定。

所以，這時，當我碰到了那個包裹之際，我便決定，不論和我同處在黑暗之中的那個是什麼人，我都不加理會，我要拿着那包裹走，看看包裹中有什麼，再打主意。

我的手按住了那包裹，然後五指抓緊，再然後，我的手向後縮。

可是，就在我的手向後縮之際，突然，那包裹上，產生着一股相反的力量，向外扯去。我那樣寫，看起來好像很玄妙，但事實上，如果兩個人站在對面，大家都伸手抓包裹，都想向自己這方面拿的話，就會有那樣的情形了。

剛才，我還只不過是「感到」黑暗之中有一個人，但現在，當有人和我在爭奪包裹的時候，我可以肯定，黑暗中的確有一個人，這個人就在我的對面。

這似乎是不必多加考慮的了，是以我一手仍抓着包裹，而我的右手，在那同時，向前疾揮了出去。

也就在我的左拳揮出之際，「砰」地一聲，我的肩頭，先着了一拳，而我的一拳，也擊中了對方，我想，我們兩人的身子，大約是同時向後一仰，而在剎那間，我可以肯定，誰也未曾得到供桌上的那個包裹。

我聽到對方向後退出時的腳步聲，在那一剎間，我繞着供桌，迅速地向前走了兩步。

我走得雖然快，但是卻十分小心，並不發出聲響來，現在，情形比較對我有利了，因為對方可能以為我在他的對面，但事實上，我已經在他的旁邊了。

經過剛才的那一下接觸之後，突然又靜了下來，我站了一會，又慢慢向前移動着。

我知道，我這時手是向前伸着的，只要我的手指先碰一碰對方，我立時可以先發制人！

我移動得十分緩慢，當移出了三五呎之後，我的手指尖已經碰到東西了，在極短的時間內，我已經判斷到，我手指尖碰到的是布料，也就是説，我已經碰到了那人的身子，碰到了他所穿的衣服。

剛才我的行動，是如此之緩慢，但是現在，當我的手指尖一碰到了東西之後，我的行動，快得連我也有點難以想像，我五指疾伸而出，陡地向前抓去，我估計我恰好抓住了那人的手臂。

我陡地半轉身，將那人的手臂扭到後面，然後，我的左臂，已經箍住了那人的頸。

那人發出了一下極其難聽的悶哼聲，由於我將他撞得十分緊，所以他無法繼續發出任何聲音來。

我已完全佔着上風了！

我在那人的耳際，用極低但是也極嚴厲的聲音喝道：「什麼人？」

當我問了那一句話之後，右臂略鬆了一鬆，以便對方可以出聲回答我。

我也立時得到了回答，那是一個聽來十分熟悉的聲音：「天，衛斯理，原來是你！」

當我聽到這一句回答的時候，我也呆住了！

我也決想不到這個人會是他！可是我現在聽到的，分明是藤澤雄的聲音。

我忙低聲道：「藤澤，是你？」

藤澤道：「不錯，是我，快鬆手，我要窒息了！」

我鬆開了手，想起剛才，才一發覺有人時的那種緊張之感，不禁啼笑皆非。

第四部

調查鈴木的過去

在我鬆開了手之後，黑暗之中，聽得藤澤雄喘了幾口氣，然後，他才問我：「你是什麼時候來的？」

我道：「來了好久了，我來的時候，看到鈴木正跪在地上。」

藤澤道：「那我來得比你更早，我一直躲在供桌之後，我看到鈴木先生進來，跪在地上，他竟然完全沒有發現我躲着。」

我回想着鈴木伏在地上的那種情形，深信藤澤所説的不假。因為看那時鈴木的情形，他像是被一種極度的痛苦所煎熬，別説有人躲在桌後，就算有人站在他的面前，他也可能視而不見。

我吸了一口氣：「藤澤，你説，鈴木那樣伏在地上，是在作什麼？」

藤澤並沒有立時回答我，而房間仍然是一片黑暗，我也看不清他臉上的神情。

略停了一停，我又道：「你曾説過，他是一個虔誠的佛教徒，但是你不覺得，他的行動，已經超過了一個虔誠的佛教徒了？」

藤澤又呆了片刻，才嘆了一聲：「是的，我覺得他伏在地上的時候，精神極度痛苦，他發出的那種低吟聲，就像是從地獄中發出的那種沉吟一樣，他像是——」

當藤澤講到這裏的時候，我接上了口，我們異口同聲地道：「他像是正在懺悔什麼！」

當我們兩個人一起講出了那句話之後，又靜了片刻，藤澤才苦笑道：「然而，他在懺悔什麼呢？」

我道：「他跪伏在供桌之前，我想，他在懺悔的事，一定是和供桌上的東西有關的。」

藤澤道：「不錯，我也那樣想，所以我剛才，準備取那個包裹。」

我笑了一下，道：「是啊，我們兩人竟同時出手，但現在好了，不必爭了！」

藤澤道：「帶着那包裹，到我的事務所去，我們詳細研究一下，如果很快有了結論的話，還可以來得及天明之前將它送回來。」

我一伸手，已經抓起了那個包裹：「走！」

我們一起走向門口，輕輕移開了門。

整幢屋子之中都十分靜。鈴木好像是獨居着的，連僕人也沒有。

我們悄悄地走了出去，到了鈴木的屋子之外，藤澤道：「我的車子就在附近。」

我跟着他向前走去，來到了他的車旁，一起進了車子，由藤澤駕着車，向市區駛去。

藤澤在日本，幾乎已是一個傳奇性的人物，他的崇拜者，甚至將他和三島由紀夫相提並論，所以他的偵探事務所，設在一幢新型大廈的頂樓，裝飾之豪華，如果叫同是偵探的小郭來看到了，一定要瞠目結舌，半晌說不出話來。

我跟着他走進他的辦公室，一切全是光電控制的自動設備。他才推開門，燈就自動開了。我將包裹放在桌上，我們兩人，一起動手，將那包裹上的結，解了開來，在那時候，我和藤澤兩人，都是心情十分緊張的，可是當包裹被解開了之後，我們都不禁呆了一呆。

那包裹很輕，我拿在手中的時候，就感到裏面不可能有什麼貴重的東西。

但是無論如何，我們總以為裏面的東西可以揭露鈴木內心藏着的秘密的。

或許，包裹中的東西，的確可以揭露鈴木正直內心的秘密，但是我們卻一點也不明白。

解開包裹之後，我們看到的，是兩件舊衣服。

那兩件舊衣服，一件，是軍服，而且一看就知道，是日本軍人的制服。另外一件，是一件旗袍，淺藍色，布質看來像是許多年之前頗為流行的「陰丹士林」布。這種布質的旗袍至少已有二十年以上沒有人穿着了。

當我和藤澤雄兩人，看到包裹中只有兩件那樣的舊衣服時，不禁呆了半晌。然後，我和藤澤雄一起將兩件衣服，抖了開來。

那兩件衣服，一點也沒有什麼特別，那件長衫，被撕得破爛，和軍服一樣，上面都有大灘黑褐色的斑漬，藤澤雄立時察看那些斑漬，我道：「血！」

藤澤雄點了點頭：「是血，很久了，可能已經超過了二十年。」

我又檢視着那件軍服，當我翻過那件軍服之際，軍服的內襟上，用墨寫着一個人的名字，墨漬已經很淡，也很模糊了。可是經過辨認，還是可以看得出，那是「菊井太郎」，是一個很普通的日本人名字。

我將這名字指給藤澤雄看，藤澤皺起了眉：「這是什麼意思？」

我道：「這個名字，自然是這個軍人的名字。」

藤澤苦笑着：「那麼，這個軍人，和鈴木先生，又有什麼關係呢？」

我吸了一口氣：「藤澤，鈴木以前當過軍人！」

藤澤嘆了一聲：「像他那樣年紀的日本男人，幾乎十分之八當過軍人，別忘了，第二次世界大戰，日本戰死的軍人，便接近四百萬人！」

我沉着聲：「這是侵略者的下場！」

藤澤的聲音，帶着深切的悲哀：「不能怪他們，軍人，他們應該負什麼責任？他們只不過是奉命行事。」

我不禁氣往上衝，那是戰後一般日本人的觀念，他們認為對侵略戰爭負責的，只應該是少數人，而其餘人全是沒有罪的。

這本來是一個十分複雜的道德和法律問題，不是三言兩語辯論得明白的，但是我認為，任何人都可以那樣說，唯獨直接參加戰爭的日本人，沒有這樣說的權利，他們要是有種的話，就應該負起戰爭的責任來。

我的聲音變得很憤怒，大聲道：「藤澤，戰爭不包括屠殺平民在內，我想如果你不是白癡的話，應該知道日本軍人在中國做了些什麼！」

藤澤的神色十分尷尬，他顯然不想就這個問題，和我多辯論下去。

他嘆了一聲：「可是日本整個民族，也承擔了戰敗的恥辱。」

我厲聲道：「如果你也感到戰敗恥辱的話，你就不會說出剛才那種不要臉的話來！」

藤澤也漲紅了臉：「你——」

可是他只是大聲叫了一聲，又突然將聲音壓低，緩緩地道：「你也知道，戰後，東條英機、土肥原賢二、木村兵太郎、武藤章、松井石根、板垣征四郎、廣田弘毅等七個，對戰爭要直接負責的七個人，都已上了絞刑架！」

我冷笑着：「他們的生命太有價值了，他們的性命，一個竟抵得上二十萬人？」

藤澤攤着手：「我們在這裏爭辯這個問題，是沒有意義的，時間已過去二十多年了！」

我不客氣地道：「藤澤，歷史擺在那裏，就算過去了兩百多年，歷史仍然擺在那裏！」

藤澤又長嘆了一聲，我又指着那件旗袍：「這件衣服，是中國女性以前的普通服裝，你認為它和軍服包在一起，是什麼意思？」

藤澤搖了搖頭：「或許，是有一個日本軍人，和中國女人戀愛——」

他的話還沒有講完，我就「呸」地一聲，道：「放屁，你想說什麼？想編織一個蝴蝶夫人的故事？」

由於我的態度是如此之不留餘地，是以藤澤顯得又惱怒又尷尬，他僵住了，一時之間，不知如何說才好。而我也實在不想和他再相處下去了，是以我轉身走到門口。

就在這時，電話鈴忽然叫了起來，我轉回身來，藤澤拿起了電話。

我隔得藤澤相當遠，但是藤澤一拿起電話來，我還是聽到了自電話中傳出來的一下驚呼聲，叫着藤澤的名字，接着，便叫：「我完了，她拿走了她的東西，她又來了！她又來了！」

那是鈴木的聲音！

我連忙走近電話，當我走近電話的時候，我更可以聽到鈴木在發出沉重的喘息聲。

藤澤有點不知所措，道：「發生了什麼事？」

鈴木卻一直在叫道：「她回來了，她回來了！」

鈴木叫了幾聲，電話便掛斷了。

藤澤拿着電話在發呆，我忙道：「我明白了，他發現供桌上的包袱失蹤了！」

藤澤有點着急：「如果這造成巨大的不安，那麼我們做錯了！」

我冷笑着：「他為什麼要那樣不安？」

藤澤大聲道：「事情和鈴木先生，不見得有什麼直接的關係，那件軍服上，不是寫着另一個人的名字？我要去看看鈴木先生。」

我身子閃了一閃，攔住了他的去路：「藤澤，你不要逃避，我一定要查清楚這件事的！」

藤澤有點惱怒：「我不明白你想查什麼，根本沒有人做過什麼，更沒有人委託你，你究竟想調查什麼？」

藤澤這幾句話，詞意也十分鋒利，的確是叫人很難回答的，我只是道：「我要叫鈴木講出他心中的秘密來！」

藤澤激動地揮着手：「任何人都有權利保持他個人的秘密，對不起，我失陪了！請！」

藤澤在下逐客令了，我冷笑一聲，轉身就走。

雖然我和藤澤是同一架升降機下樓的，但是直到走出門口，我們始終不交一語。

我甚至和他在大廈門口分手的時候，也沒有說話。回到了酒店，我躺在床上，又將整件事仔細想了一遍，但仍然沒有什麼頭緒。

不過，我想到，要調查整件事，必須首先從調查鈴木正直的過去做起。

鈴木正直曾經是軍官，要調查他的過去，應該不是一件很困難的事，不過，如果想知道他在軍隊中的那一段歷史，除非是查舊檔案，那不是普通人能夠做得到的了！

當我想到這一點的時候，我立即翻過身來，打了一個電話。

那電話是打給一個國際警方的高級負責人的，利用我和國際警方的關係，我請他替我安排，去調查日本軍方的舊檔案。

那位先生在推搪了一陣之後，總算答應了我的要求。他約我明天早上再打電話去。

第二天早上一醒來，我就打了這個電話，他告訴我，已經和我接洽好了，他給了我一個地址，在那裏，我有希望可以查到我要得的資料。

我在酒店的餐廳中進食早餐，當我喝下最後一口橙汁時，藤澤突然向我走了過來，他帶着微笑，攤着手，作出一個抱歉的神情，在我的對面，坐了下來：「好了，事情解決了！」

我瞪着他：「什麼意思？」

藤澤道：「昨天我去見鈴木，才見他的時候，他的神情很激動，後來，他漸漸平靜了下來，他告訴我，他的確是發現了包裹不見而吃驚的。」

我冷冷地道：「他對於跪在那兩件舊衣服之前，有什麼解釋？」

藤澤道：「有，那件旗袍，是一個日本少女的，軍服屬於他的部下，他曾拆散他們兩人的來往，後來那日本少女自殺，那位軍人也因之失常而戰死，所以他感到內心的負疚。」

我又道：「那麼，為什麼他見到那位導遊小姐，會感到害怕？」

藤澤搖着頭：「我也曾問過他，他根本不認識那位小姐，他說那時他的行動，或者有點失常，但那只不過是他突然感到身體不適而已。」

我呆了半晌，才道：「照你這樣說法，你已完全接受了他的解釋？」

藤澤道：「是！」

他在說了一個「是」字之後，又停了半晌，才又道：「這件事完了，你沒有調查的必要，這裏面，絕沒有犯罪的可能。」

我又呆了半晌，才笑了一下：「你其實也不是十足相信他的話！」

藤澤嘆了一聲：「誰知道，在戰爭中，什麼事都可以發生。」

我冷冷地道：「不錯，戰爭中什麼事都可以發生，唯一不會發生的，就是你剛才所說這樣的一件事，會使得一個侵略軍的軍官，感到如此之恐懼！」

藤澤沒有再說什麼，又坐了一會，就告辭離去。

我當然不會相信藤澤轉述的鈴木的話，鈴木只不過是想藉此阻止我再調查下去而已，他如果以為我真會聽了這幾句話就放棄的話，那就真是可笑了！

我照原來的計劃，到達了「戰時檔案清理辦事處」，接見我的，是一個女職員，年紀很輕，她問我有什麼要求。

我想了一想，道：「我想查一個軍官的檔案，這個軍官曾在二次世界大戰時服役，參加過侵略中國的戰爭，他叫鈴木正直，是不是有可能？」

那女職員道：「軍官的檔案，的確還存着，可是查起來相當困難，你——」

我立時接了上去：「我一定要查到，是一件十分嚴重的事情。」

那女職員呆了一呆：「為什麼？他是一個漏網的戰犯？」

我道：「對不起，小姐，我不能告訴你。」

那女職員道：「好吧，請你跟我來，我想讓你看一看找一份這樣的檔案的困難程度！」

我跟着她，離開了辦公室，經過了幾條走廊，來到了一條兩旁有着十間房間的走廊中，她道：「你要的檔案，在這十間房間中。」

我皺了皺眉：「小姐，我不相信你們的檔案，沒有分類。」

那女職員道：「事實上，這批檔案，是由美軍移交過來的，本來早就應該銷毀了，或許是由於根本已沒有人注意到這件事了，所以它們的存在與否，也沒有人理會了，我想可能有分類的，你要找的那個人叫什麼？」

我道：「鈴木正直！」

那女職員喃喃念着「鈴木正直」的名字，道：「姓鈴木的人很多，嗯……在這裏——」

她看看門上的卡，推開了那扇門，着亮了燈。

滿房間都是架子，架子上都是牛皮紙袋，硬夾子，堆得很亂。

我已經看到，至少有三隻架子，全寫着「鈴木」字樣，那女職員攤了攤手，道：「你看到了！」

我笑了笑，道：「如果你抽不出空來，那麼我可以自己來找。」

那位女職員笑了起來：「抽不出空？我們的機關，可以說是全世界最沒有事做的機關！」

我道：「那麼好，我們一起來找，今天晚上，如果你一樣有空的話，那麼，我想請你吃飯。」

女職員笑道：「多謝你！」

她一面笑，一面向我鞠躬，她搬來了一張桌子、兩張椅子，我們開始工作。

檔案十分多，而且十分亂，我們沒有名冊可以查，只好一份一份拿下來看。這是十分乏味的工作，一直到四小時之後，那女職員才道：「看，這是鈴木正直的檔案！」

我連忙自她的手中，接過厚厚的一疊檔案，不錯，姓名是鈴木正直，軍銜是少尉，是工程兵的一個排長，不過，從發黃的照片來看，無論如何，這個少尉，不會是現在的鈴木正直！

我搖了搖頭：「這不是我要找的那個。」

那女職員攤了攤手，我們又開始尋找，那許多檔案中的人，有許多根本已經不在世上，正如藤澤所說，日本在太平洋戰爭和侵華戰爭中，死去了四百萬以上的士兵和軍官。但是我們還是不得不翻着發黃的照片和表格，希望能找出鈴木正直以前的經歷來。

一整天的工作，其結果是，我們一共找到了七個鈴木正直。但是從照片和經歷上看來，這七個鈴木正直之中，沒有一個是我要找的那個。

下班的時間到了，和我一起工作的那女職員伸了一下懶腰：「沒有辦法，我們只好明天再開始。」

我雖然心急，但是也急不出來，只好罷手。在和那女職員分手的時候，我問了她的地址，和她約好了時間去接她，我和她度過了一個很愉快的晚上。

我自認對日本人的心理，並不十分了解，所以我找了一個機會，問及她一個事業成功的中年男人，為了什麼會對一個從未謀面的少女發生恐懼，又為了什麼會對着一些舊衣服來懺悔，那位小姐也答不上來。

當天晚上，我回到酒店之後不久，就接到了藤澤的電話，他在電話中笑着道：「你還沒有走？」

我冷冷地道：「為什麼我要走？」

藤澤道：「和你在一起的那位小姐看來很溫柔，難怪你不想走了！」

我怒火陡地上升，這狗種，他一定在暗中跟蹤我，不然，他怎知道我和那個管理檔案的女職員在一起？我幾乎要罵出來，但是一轉念間，卻忍了下來。

藤澤還在跟蹤我，這至少說明了一點，就是他還在接受鈴木的委託，那麼，就是說，他早上向我轉述的那一番話，全是假的！

在經過了一天的尋找舊檔案之後，對於是不是能在檔案之中找到鈴木過去的經歷，我實在已失去了信心。

在那樣的情形下，鈴木繼續委託藤澤跟蹤我，可以說對我有利。因為鈴木可以知道我在做什麼，而使他更有所忌憚。

當我想到了這一點時，我登時變得心平氣和，我道：「你消息倒靈通，不錯，這位小姐很溫柔，她是做檔案管理工作的！」

藤澤顯然料不到我會那樣直截了當地回答他，是以他呆了半晌，才道：「祝你好運。」

我毫不放鬆：「祝我好運是什麼意思，我是已經結了婚的。」

藤澤笑了起來，我可以聽得出，他的笑聲，十分尷尬，他道：「我的意思，你現在在進行的事。」

我已經將他的話逼出一些來了，他自然知道我在進行什麼事，以藤澤的本領而論，如果連這一點也查不出來，那真是可笑了。

是以，我又知道了藤澤對我的注意，還在我的想像之上。我道：「謝謝你，會有成績的。」

我們說到這裏，可以說，已經沒有什麼別的話可說了。

但是藤澤卻還不肯放下電話。

靜默了半分鐘之後，藤澤才道：「衛，你是正人君子，我很佩服你的為人，你認為竭力去發掘一個人過去的往事，來滿足自己的好奇心，是一件很有趣的事麼？」

好傢伙，藤澤竟用這樣的話來對付我！

我略想了一想，便道：「藤澤君，既然你提到了君子，我可以告訴你兩句話：『君子坦蕩蕩，小人常戚戚。』一個人的過去，如果沒有什麼見不得人的地方，絕不會怕人家調查。」

藤澤苦笑了幾下：「晚安！」

我也向他道了晚安，躺了下來。這一晚上，我倒睡得很好，那或許是因為我意識到，我還要度過許多無聊而單調的日子之故。

第二天一早，我又到達那機關，那位女職員仍然帶我在舊檔案中翻查着。這一天的成績更差，連一個鈴木正直都找不到。第三天，到了中午時分，所有姓「鈴木」的軍人檔案，已經找完了。那女職員同情地望着我：「花了三天時間，你還是找不到你要找的人！」

我苦笑了一下：「這裏的舊檔案，自然不是戰時軍人所有的檔案？」

那女職員道：「當然不是全部，戰時，軍事檔案是分別由幾個機關保管的，在大轟炸中，損失了很多，戰後，所有的舊檔案才漸漸集中到這裏來。」

我又問道：「其他地方，是不是還有相同的機關？」

那女職員搖了搖頭。

這時，我真有說不出來的沮喪，因為我不能在舊檔案中找到鈴木正直的話，就表示我已經失敗了，就算我再留在東京不走，也沒有用處的了！

我想起了藤澤的冷笑聲，想起了鈴木正直那種兇狠的樣子，自然一萬分不願意失敗，可是，又有什麼辦法呢？事實上我已失敗了！

我嘆了一聲，在身邊凌亂的檔案中，站了起來，道：「沒有辦法了，打擾了你三天，真不好意思。」

那女職員忙道：「哪裏！哪裏！」

我又嘆了一聲，離開了那間房間，裏面全堆滿了舊的人事檔案，這些檔案，只經過初步的分類，那是根據姓氏來分的。

房間裏面儲放的檔案，是什麼姓氏的，在房門上都有一張卡標明着，這時，我突然站定，是站在一間標有「菊井」的卡片的房門之前。

一看到「菊井」這個姓氏，我立時想起一個人的名字來：「菊井太郎」。這是一個極普通的日本名字，但是我看到這個名字，卻並不尋常，這個名字，是寫在那件染滿血漬的舊軍衣之上的，而那件舊軍衣，則在鈴木的供桌之上。

在那一剎間，我想到，鈴木正直一定認識這個菊井太郎，在軍中，他們可能在同一個隊伍之中，關係一定還十分密切，要不然，鈴木就不會直到現在，還保存着菊井的舊軍服。

我既然找不到鈴木的檔案，那麼，是不是可以找到菊井的檔案呢？

如果我找到了菊井的檔案，那麼，是不是可以在菊井太郎處窺知鈴木的過去呢？

本來我已經完全失望了，但是當我一想到這一點時，新的希望又產生了！

我還沒有開口，那位女職員已然道：「你又發現了什麼？」

我轉過頭來：「不錯，我發現了一些東西，我要找一個姓菊井的舊軍人的檔案，他叫菊井太郎！」

那女職員皺了皺眉：「叫太郎的軍人，可能有好幾千個。」

我道：「不要緊，我可以一個一個來鑒別。」

那女職員笑了笑：「好，我們再開始吧！」

我在門口等候，她去拿鑰匙，不一會，我和她便一起進入了那間檔案儲存室。

這一天餘下來的時間，我找到了十多位「菊井太郎」。要辨別同名的鈴木正直，是不是我要找的人，那比較容易得多。因為我見過鈴木正直，對他留有極其深刻的印象。但是，要分辨菊井太郎，就難得多了！

因為，我根本沒有見過這個「菊井太郎」。

第二天，將所有「菊井太郎」的檔案，全找了出來，一共有七十多份，我慢慢閱讀着。

在我已看過的三十多份檔案中，有的「菊井太郎」是軍官，有的是士兵，其中有一位海軍大佐，檔案中證明，在大和艦遭到盟軍攻擊沉沒時失蹤。

我想那一些，全不是我要找的菊井太郎。

由於我連日來都埋頭於翻舊檔案，頸骨覺得極不舒服，我一面轉動着頭部，一面又拿過一隻牛皮紙袋來，嘆着氣，將袋中的文件，一起取了出來。

而當我取出了袋中文件時，我陡地呆住了！

我首先看到一張表格，那是一份軍官學校的入學申請書，上面貼着一張照片，照片上是一個青年人，不超過十八歲，剃着平頂頭。

我之所以一看到這張照片，就整個人都呆住了的原因，實在很簡單，因為儘管這張照片，是將近三十年之前的事，可是我還是一眼就認得出來，這個人，就是現在的鈴木正直！

我的心狂跳着，我將所有的文件，全在桌上攤開，將所有照片的紙張，都找了出來，一點也不錯，全是鈴木正直的照片。

這真是出乎我意料的事！

我着手找尋「菊井太郎」的資料，原是「死馬當活馬醫」，沒有辦法中的辦法，我只希望能夠在找到了菊井的檔案之後，得到鈴木正直的一點資料。

我真的沒有想到，鈴木正直的本名，叫作菊井太郎，我現在已經找到了他的檔案！

他為什麼要改名換姓呢？為什麼要將過去的舊軍服一直保留着？

我深深地吸了一口氣，這時，我心中的高興，難以形容，我將全份檔案，略為整理了一下，開始仔仔細細地閱讀。

菊井太郎的一生，用簡單的文字，歸納起來如下：他是京都一家中學的學生，在學時，品學兼優，家道小康，他離校考進了軍官學校，以優異的成績畢業，作為少尉軍官，被編入軍隊。

在軍隊中的第一程，他就被奉派來華作戰，很快就升為中尉。在一次戰役中，他率領三十個士兵，作尖兵式的突破。為攻擊中國江蘇省南京的外圍據點而立下功勞，晉升為上尉。

他以日本皇軍上尉的身分，率隊進入南京，當時南京方面的中國守將是唐生智，菊井上尉在檔案上的另一項功績就是，他率先進城，在下關一帶，截住了一大批守軍撤退時未曾來得及運走的軍事物資，為了這件事，菊井太郎曾獲日本皇軍中將本間雅晴的接見，和菊井同時被接見的，還有十幾個軍官，檔案中還有着被接見者，和本間中將合攝的照片，雖然很多人站成兩排，但是我還是立時可以指出哪一個人是菊井太郎（鈴木正直）來。

看到這裏，我不禁閉上了眼睛。

菊井是隸屬於本間雅晴中將部下的，而近代戰爭史上，最慘無人道的事，就是本間雅晴攻進南京之後所施行的大屠殺。

舉世聞名的「南京大屠殺」中，死在日本皇軍刺刀和槍彈下，死在日本皇軍活埋下，死在日本皇軍縱狼狗活生生咬死，死在日本皇軍用鐵線將人綁成一串再通電，死在日本皇軍的輪姦、剖腹，死在日本皇軍種種殘酷的手段之下的中國老百姓，至少超過四十萬人。實際上，根本沒有精確的統計，可能遠遠超過這一個數字。

第五部

慘絕人寰的大屠殺

「南京大屠殺」是歷史上最駭人聽聞的暴行，日本皇軍對待被俘的中國官兵之殘暴，更是令人髮指，大批軍人被綁縛在地，而日本皇軍用軍用大卡車，在活生生的人身上輾過去！

「南京大屠殺」的暴行，完全是日本皇軍本間雅晴陸軍中將領導下的全體官兵有計劃的行動。

日本皇軍在大屠殺之前，首先封城、縱火，南京中華門、夫子廟、朱雀路、國府路、珠江路、太平路一帶，全被封鎖、縱火，在大火中被燒死的人已是不計其數，再加上火場中的搜索，整個南京，變成了屠場，日本皇軍的獸性，在南京展覽，被日本皇軍，用形形色色方法處死的中國人，成為日本皇軍殘暴獸行的證明。

我曾經詳細讀過有關「南京大屠殺」的一切資料，包括當時外國記者的報道、中國記者的報道、僥倖逃出魔爪者的口述，以及日本記者的報道。日本的一張報紙，就曾報道過日本皇軍之中，富岡准尉和野田中尉比賽殺人的事件，還刊載過他們各自砍殺了一百多個中國平民之後，神氣活現的照片。

這是鐵一般的事實，是一樁永遠也無法清償的血債，是日本人野獸面目暴露無遺的暴行，是每一個中國人都應該牢記於心的事！

我閉上了眼睛，足有好幾分鐘。

在那好幾分鐘之中，我的心十分亂，我彷彿看到了慘號無依的中國人，被日本皇軍在舌頭上用鐵鈎鈎着，吊在電線杆上等死。我也彷彿看到了大群日本皇軍畜養的狼犬，在啃着中國人的血肉。

而菊井太郎，當時的日軍上尉，如今的鈴木正直，在這場大屠殺中，究竟扮演着什麼角色呢？他殺了多少人？強姦了多少中國女人？

我覺得，事情漸漸有點眉目了，因為鈴木正直，對南京的地名，如此敏感，他在飛機上，一聽到我説唐婉兒是南京人時，幾乎變成癲狂。

那件染有血斑的軍衣，那件全是血塊的旗袍——真的，我覺得事情漸漸有點眉目了。

我深深地吸了一口氣，再睜開眼來，菊井上尉以後的經歷，我只是草草了事看了一下，我只知道他後來又晉升為大尉、少佐，直到日本戰敗，他好像曾被俘，或者是這位「大和英雄」開了小差，因為檔案中註的是「失蹤」。

而事實上，菊井太郎搖身一變而為鈴木正直，直到現在，他成為一個工業家，人人尊敬的「鈴木先生」。

幾天的辛苦，我可以說完全有了代價，我已經知道了鈴木正直的過去。我自然不能將這份檔案帶走，但是我在離開的時候，帶走了一張相片。

這張相片，就是本間雅晴中將接見有功人員的那張，菊井太郎（鈴木正直）也在其中。我離開了那機關，臉色很陰沉，想起上四十萬人，被種種殘酷手段屠殺，作為人，絕沒有法子心情開朗的。僅僅作為人，都會難過，別說是中國人了！

我獨自在街上走着，走了很久，直到天色已漸漸黑了下來，我才決定，找鈴木正直去！我等了一會，才截到一輛街車，車在鈴木的住宅前停下，我按鈴，過了好久，才有一個老僕，自屋中走出來應門。

我表示要見鈴木，老僕搖着頭：「鈴木先生通常要遲一點才回來。」

我道：「不要緊，我可以等他。」

老僕用一種疑惑的神色望着我，我道：「我是藤澤先生那裏來的。」

那老僕這才點了點頭，開門讓我進去，我在客廳裏坐了下來，老僕點亮了燈。

我大約等了半小時，聽到外面有汽車聲，我站了起來，看到鈴木自一輛黑色的大房車走出來，房車是由司機駕駛的。

鈴木提着公事包，幾天不看到他，他看來很憔悴，但是身子仍然很挺，和我第一次見到他時候的印象一樣，是一個職業軍人。

我向客廳外走去，剛在他走過花園，來到屋子前的時候，我也出了客廳。光線已經很暗，但是他立時站定，他自然是看到了我，而且也認出了我。

當我和他都一起站定的一剎間，是極其難堪的一陣沉默，我凝視着他，等待他發作。

果然，在沉默了半分鐘之後，他以極其粗暴的聲音呼喝道：「滾，滾出去！」

我早已知道他一定會有這樣的呼喝的，所以我立時回答道：「是，菊井少佐。」

我那樣說的時候，仍然站立着不動，而鈴木正直卻大不相同了！

「菊井少佐」四個字，像是四柄插向他身子的尖刀一樣，令得他的全身，都起了一陣可怕的抽搐，他的手指鬆開，公事包跌在地上。他的雙手毫無目的地揮舞着，像是想抓到一點什麼。

可是那並沒有用處，他抓不到什麼。

在他的喉間，響起了一陣極其難聽的「咯咯」聲響來，他的臉色，在黑暗中看來，是如此之蒼白！

我又冷冷地道：「菊井少佐，或者，菊井太郎先生，我們進去談談怎麼樣？」

他像是根本沒有聽到我的話，只是跌跌撞撞，向內走去，我跟在他的身後。

那老僕也迎了出來，他看到鈴木正直這時的這副模樣，嚇了一大跳，失聲道：「鈴木先生——」

我立時向老僕道：「他有點不舒服，你別來打擾，我想他很快就會好！」

那時，鈴木已經來到了一張坐墊之前，本來，他是應該曲起腿坐下來的，可是這時，他只是身子「砰」地倒在墊子上。他一倒下，立時又站了起來，那老僕有點不知所措，我向他厲聲喝道：「快進去！」

那老僕駭然走了進去，我來到鈴木身邊：「其實，你不用這樣害怕，像你這樣情形的人很多，改變了名字，改變了身分，並不是什麼大不了的事！」

鈴木灰白色的嘴唇顫抖着，半晌說不出話來，我走過去，斟了一杯酒給他。

鈴木接過了我的酒來，由於他的手在發着抖，是以酒灑了不少出來，但是他還是一口吞下了半杯酒。

他在吞下了酒之後，身子仍然在發着抖，但是看來已經鎮定了不少，他望着我，講話的聲音，就像是一個臨死的人在呻吟。

他道：「你知道了多少？」

我將那張照片，拿了出來，遞給他。

他接了照片在手，抖得更厲害了，過了好久，他道：「那是很久以前的事了！」

我毫不留情，冷冷地道：「可是時間並不能洗刷你內心的恐懼！」

他慘笑了起來：「我……恐懼？」

我直視着他：「你不恐懼？那你是什麼？」

鈴木的口唇抖着，抖了好一會，才道：「我不是恐懼，我是痛苦！」

我毫不留情地「哈哈」笑了起來：「你不要將自己扮成一隻可憐的迷途羔羊了，如果我沒有料錯的話，你是一頭吃人不吐骨的狼，菊井少佐，你究竟曾做過一些什麼，以致看到了一個普通的中國女孩子，就會驚惶失措得昏過去？」

鈴木看來，已經完全沒有抵抗能力了，他來回走着，然後又坐了下來，低着頭，看他那種姿勢，倒有點像已經坐上了電椅的死因。

過了好久，他才道：「她……她太像——她了！」

我已經料到了這點，一定是唐婉兒太像一個人了，而鈴木以前，一定曾做過什麼事，對像唐婉兒的那個女人不起的，所以他看到了唐婉兒，才會害怕起來。

我又立時釘着問道：「那個女人是誰？」

鈴木抬起頭來，他的雙眼之中，佈滿了紅絲，他看來像是老了許多，在他的臉上，也多了許多突如其來的皺紋，他的口唇在發着抖，自他顫抖的口中，喃喃地發出聲音來：「我……不知道，我不知道！」

我一點也不可憐他，走到他的面前：「那麼，你對那個女人做過什麼事，你總知道吧！」

鈴木像是突然有人在他的屁股上用力戳了一刀一樣，霍地站了起來。

他的身形相當高，而我來到了離他很近的地方，是以他一站起來，幾乎是和我面對面了。

在那一剎間，我的第一個反應，便是他要和我動手了，是以我立時揑緊了拳頭，準備他如果一有動作的話，我就可以搶先一拳，擊向他的肚子。

但是，鈴木卻沒有動手。他在站了起來之後，只是望定了我，在他的眼睛中，也沒有兇狠的想動手的神情，相反地，卻只是充滿了一種深切的悲哀。

他用那種充滿了悲哀的眼光，望了我好一會，才道：「好吧，你可以知道，請跟我來！」

他說着，我轉過身，向前走去。

他在向前走去的時候，身子已不再挺直，而變得傴僂，我剛才已經說過，他像是在剎那間，老了許多，但想不到竟老到這程度。

我仍然不知道他要做什麼，但他既然叫我跟着他，我就跟着他。

我們走出了客廳，經過了一條走廊，我已經知道他要將我帶到什麼地方去了，就是那間房間——我和藤澤在黑暗中相會的那間。

到了那間房間之前，鈴木移開了門，走了進去，我仍然跟在他的後面，他用十分乾澀的聲音道：「請將門關上。」

我移上了門，房間中燃着香，有一股十分刺鼻的味道，那張供桌仍然在，供桌上的包裹也在，那個最大的包裹，我不會陌生，因為我曾將它帶到藤澤的辦公室中，解開來看過。

那包裹之內，是兩件衣服，我就是在其中的一件軍服內，看到了「菊井太郎」這個名字，是以才找到了鈴木正直過去的歷史的。

這時，鈴木來到了供桌之前，慢慢地跪了下來，他的雙手，伸進供桌的布幔之下，在地上摸索着，過了一會，我聽得一陣「格格」聲。

布幔遮住了他的雙手，我看不到他雙手的動作，但是從聲音聽來，他像是掀開了一塊地板。接着，他的雙手便自布幔後縮了回來，手中捧着一隻扁方形的盒子。

當他的雙手將那扁方形的盒子捧出來的時候，在劇烈地發着抖，像是他捧着的那隻盒子，有好幾百斤重一樣。果然，他雙手一鬆，「啪」地一聲響，那盒子跌在地板上，他人也立時伏了下來：「你……你……自己去看吧，我只求你一件事，看了之後，別講給任何人聽！」

他講完了那兩句話之後，伏在地上，只是不住發抖，和發出一陣聽了之後，令人毛髮直豎，痛苦莫名的聲音來。

我不知道那隻木盒之中有什麼東西，但是在如今那樣的情形之下，鈴木是絕對沒有反抗能力和反抗意圖，那是可以肯定的了。

我踏前一步，拾起了那隻木盒，移開了盒蓋，我看到了一本日記簿。

在那本日記簿的封面上，貼着一張標籤，上面寫着「菊井太郎之日記——南京入城後十五日」。

一看到這張標籤，我就愣了一愣。

我立時向菊井望了一眼，只見他仍然伏在地上，像那天晚上，我偷進屋來時，在門外看到他的情形一樣。

我來到房間的一角，一張矮几之旁，坐了下來，開亮了矮几上的一盞燈，將日記簿放在几上，一頁一頁地翻來看着。

當我在翻看那些日記之前，整間房間之中，靜到了極點，每當我翻過日記簿的一頁時，所發出的聲音，也足以令我自己嚇一跳。

愈往下看，我的手心就愈多冷汗，在不由自主之間，我的額頭上，汗也在不斷地滲出來。

我幾乎未能看完這本日記，但是我還是看完了。

當我看完之後，我呆坐着，一聲也不出。

我不知呆坐了多久，才緩緩地吸了一口氣，向鈴木正直望去。

鈴木仍然伏在地上，一動也不動，我望着他，望了好久好久，鈴木可能根本不知道我在這樣望着他。

好久之後，我才慢慢向門外走去，我向外走的時候，腳步聲很輕，那倒不是我故意放輕腳步，怕驚擾了他，而是我雙腿發軟，根本沒有力量發出沉重的腳步聲來之故。

但是我的腳步聲，還是驚動了鈴木，當我來到門口時，他突然抬起頭來，像是在嘶啞叫着，然而他的聲音是極其低沉和嘶啞的，他道：「每一個人都是那樣，不止是我一個人！」

我沒有回答他的話，因為我根本不想説話，我只是略停了一停，便繼續向外走去，當我在向外走的時候，我真懷疑我是不是有力量走出這間屋子。

我終於來到了花園中，在那花園裏，有一個設計得精巧的滴泉，水滴發出「得得」的聲響，我又深深地吸了一口氣。

然後，我坐了下來，坐在一塊大石上。

這時，夜已相當深了，四周圍靜極，我思緒亂到了極點，我必須好好靜一靜，這便是在鈴木的花園中坐下來的原因。

當我坐了下來之後，我自然第一個想起我剛才看過的那本日記，這本日記所說的，只不過是一個月之內的事，菊井太郎或許是有着相當深湛的文學修養，或許是由於事實實在太殘酷，他只不過是照實記了下來，就使人看了毛髮直豎，遍體生寒。

而無論如何，要將他日記全部翻譯出來，那是不可能的事，並不是我沒有這個勇氣，而是沒有一個地方，可以容許那樣血腥野蠻的文字和公眾見面。

但是，我又不能只約略地提一提日記的內容就算了，如果是這樣的話，對於當年的被害者未免太不公平了。

我想了好久才決定的是，我採取折衷的辦法，其他的事我不理會，只是揀幾段鈴木見唐婉兒就感到害怕的原因摘譯出來。

在南京的一個月，菊井（鈴木）一開始，就參加了大屠殺。

在開始的十幾天內，他的日記中，記述着他和他的同僚，如何用各種各樣的方法殺人，其中兩段比較不太殘忍，還可以宣諸文字如下：

（以下是菊井太郎的日記，其中的「我」，自然是菊井太郎。）

「殺人似乎是一件無比的快樂，可以證明雖然同樣是人，但我高等，可以隨意殺死別的人，支那人看來和我們差不多，但都是低等人，他們在臨死時發出的呼叫聲，就像是豬叫。

「今天，我獨力捉到了四個壯漢，那四個人是在一幢屋子的地下室拖出來的，他們的口中發出模糊的叫聲，我將他們用電線綁着，拖到了街上，那時，要一下子找到四個人，已經不是容易的事了，所以，當我一將他們拖到了街上，立時有好幾個軍人奔了過來，要求我讓他們分享殺人的樂趣。

「哈哈，一下子找到四個活人，竟像是擁有財富一樣，一個中尉，甚至願意用錢來交換其中一個最強壯的，他說他發明了一種殺人的新方法，一定十分有趣，叫我無論如何讓一個人給他，我送給他一個，因為我要看看他發明的新方法是什麼。

「那中尉自衣袋中取出了一個磨得很鋒利的秤鈎來，用力捏着一個人的腮，使那人的口張大，然後，他將秤鈎鈎進那人的口中，鈎住了那人的舌頭，拖着鈎子，向前狂奔，一面奔，一面叫道：『釣鯉魚！釣鯉魚！』所有的人都狂笑着，那人的舌頭被拉出來足有好幾寸長，他發出慘嗥聲，聽了真痛快，可惜沒有拖出多久，那人就死了，幾個軍人一起爬上一根電線杆，將死人掛了起來，一個人的舌頭竟能承起一個人的重量，這是新的經驗。

「殺人似乎使人瘋狂了，那四個人結果只有一個是被我殺死的，我用靴子不斷地踏他的小腹，血從他的眼耳口鼻中一起噴出來，我得到了喝彩。

「今天，參加了活埋俘虜的工作，大坑是俘虜自己挖掘出來的，他們竟然順從地挖掘活埋自己的土坑，這真叫人有點難以想像。

「活埋其實一點也不刺激，或者我們所想出來的殺人方法，比活埋新鮮得多。唯一刺激的是我們可以看到上千人的死亡，我們都希望上千人在死亡前一起哀號，可是卻沒有，一排一排在一起的人，被推進土坑的時候，發出聲響來的很少，那是由於事先他們已經被毒打得幾乎接近死亡邊緣的緣故。

「但是我們還是找到一些新刺激，一個一個人來活埋，當泥土填到胸前時，已經可以看到那人張大了口，氣和血絲一起噴出來，土填到頸際，滴着血的雙眼還在翻動，那無論如何比較有趣得多了！

「晚上，在營房中，椿大尉說的話，引起了一陣哄笑聲，他說，由於強姦的次數太多了，他害怕他以後不能再過正常的性生活，強姦的刺激是不同的，尤其在強姦之後，再將女人殺死！

「我和他們多少有點不同，或者是我比較害羞，我就未曾參加過集體強姦一個女人，到後來，簡直已經是屍姦了。但當然，我也有我的辦法，到今天為止，我已強姦了多少女人？二十個……不，是二十二個，當然還會有，不過找來已經很難了。

「皮靴踏在被征服的土地上，那真是軍人無上的榮耀，今天更值得紀念，我發現了一個女人，只有我一個人發現，沒有別人來分享。

「我是特意出來找女人的，滿街死人腐臭的味道和到處可見的血迹，似乎更使人瘋狂地想女人，我才踏進四條巷子，我看到一個女人的背影，閃進了一幢屋子。我還以為我是眼花了，因為這巷子兩旁的屋子，根本已一個人也沒有了，所有的人都被殺死，剩下空屋子，但是我的確看到了一個女人，穿藍旗袍，我奔過去，奔進那幢屋子，大聲呼喝着。

「沒有人回答我，我逐間房間搜索着，終於撞開了一扇房門，那女人縮在屋角，我真幸運，那女人年紀很輕，雖然面無人色，但的確是個美女，我一步一步走近她，拉住了她的頭髮，她尖叫了起來。

「椿大尉的話不錯，正常的方式，我們反倒不習慣了，她的尖叫聲，引起了我極大的興奮，我開始動手，將她的衣服剝下來……」

在菊井太郎的日記中，詳細地記述着他在接下來的三天中，如何用種種的方式，凌辱、折磨那個女人，而最後將她殺死，這三天的日記，足有將近一萬言，我自然不能將之記述出來，那可以說是人間最野蠻的記述文字。在菊井太郎的日記中，可以看出，在這三天中，他得到了極度的滿足，獸性的滿足，但是在他殺死了那女人之後，他卻又那樣記述着（以下又是菊井太郎的日記）：

「我站在那女人的屍體前，她已經不是人，只是一堆血肉，很多地方燒焦了，不過，她的臉還是完好的，她很美麗，那蒼白的臉看來竟然平靜，使我戰慄，我害怕什麼？我是征服者，我還要去找別的女人，還要繼續殺人，我是征服者。

「不過不知為了什麼，我拿起了那女人的衣服，也將我的軍服脫了下來，我覺得我要保存它們，當我離開那幢屋子的時候，我在發抖，我彷彿聽到了那女人還在失聲叫着，我聽到她的尖叫聲，這是不對的，我要和他們一樣，我要回到營中，將一切經過講出來，好讓他們誇耀我。

「我沒有說，什麼也沒有說，我的下級以為我在想女人——他將一個只有十三歲的女孩給我，那是他找到的，當他們在輪姦那個女孩時，我又聽到了那種尖叫聲。」

再多引菊井太郎的日記，似乎沒有什麼意義了，一句話，在震驚全世界的南京大屠殺中，菊井太郎，如今的鈴木正直，正是一個直接的參加者，他不知殺了多少人，強姦了多少女人，但是印象最深刻的，則是四條巷子的那個女人，因為他單獨佔有那個女人，達三天三夜。這個女人，死在菊井極其殘酷的折磨之下。

至於那女人是誰，自然也沒有人知道，南京大屠殺中，日本鬼子屠殺了數十萬中國人，那數十萬的中國人，如何還能將姓名留下來？他們的血凝在一起，屍體堆在一起，他們似乎已不是人，只是鬼子獸兵找尋新刺激的玩具。

只可以假設，那女人是唐婉兒的一個遠親——唐婉兒是南京人，以唐婉兒的年齡來推算，她那時候，正是嬰孩，而在菊井的記述中，那女人似乎也是才經分娩不久，菊井的日記中，曾詳細地記載着，他如何用擠壓的方法，在那女人的乳房中擠出乳汁來。

而唐婉兒是一個孤兒。

所以，可以推想到，唐婉兒的面貌，和那女人必然有十分近似之處，是以鈴木正直在突然之間，看到了唐婉兒，才會如此驚恐。

自然，這一切，根本不必和唐婉兒說起了，她根本不知道這些，讓她繼續不知道吧。

菊井改名為鈴木正直，自然是由於他有着深切犯罪感的緣故。

他的那種犯罪感，在戰爭時，可能還被瘋狂的行為所掩飾着，但當戰爭結束，他又回到了正常的社會中時，便再也掩飾不住了。

沒有人知道他的過去，他已經變成一個成功的工業家，他自己知道自己的過去，他始終擺脱不了過去野蠻殘酷的行為的陰影，他感到要作為一個正常人，幾乎是不可能的事。

我不以為他在懺悔過去的行為，他或者是在希望戰爭的再來臨，因為像他那樣的人，只有在戰爭中，才感到正常，才會如魚得水。

我不是心理分析家，以上的一些分析，只不過是我自己的一點意見。

我如果肯和鈴木再詳細談一談，那麼，或者可以得出結論來的。

可是，在看了他這樣的日記之後，就算讓我多看他一眼，我也會作嘔，如何還能和他詳談？

過了好久，我才走出花園，回到了酒店，當天晚上，我在半睡半醒之間，和一連串的噩夢之中度過的，第二天早上，我收拾行李，準備離去。

當我提着行李箱，來到了酒店大堂之際，藤澤迎面走了過來。

從他的神色上，我看出一定有什麼重大的事發生了，他直來到了我的面前：「衛先生，鈴木正直先生自殺了！」

我沒有什麼反應，雖然這個消息對我來說很突兀，但我仍然沒有什麼反應。

藤澤皺着眉：「他為什麼要自殺？真泄氣，他竟不是用傳統的切腹自殺，而是上吊死的！」

在那一剎間，我真想用我生平最大的力，狠狠地擊向藤澤！

藤澤不用對日本侵華戰爭負責，因為他當時年紀還小，但是，他的那種想法，只怕總有一天，會構成另一次瘋狂的戰爭。

但是我終於忍住了，我只是一聲不響，側着身，在他的身邊走過，出了酒店。

藤澤在我的身後，像是又高叫了幾句什麼，但是我根本沒有聽他的，因為我發覺他和我根本不是同一類的，他還在念念不忘傳統的武士道精神，我和他還能有什麼話好說？

回到家中之後，我不得不將事情向白素複述一遍，然後，我們討論鈴木為什麼要自殺的原因。

白素嘆了一聲：「日本鬼子也並不好過，你以為他們殺了人之後，心中不覺得難過？」

我冷笑着：「你以為鈴木的自殺，是因為他有了悔意，內心不安？」

白素顯然不想在這件事上和我多爭辯，她只是道：「事實是他自殺了，一個人要下定自殺的決心，並不是一件容易的事。」

我也不想再爭辯下去，因為這件事，實在太醜惡了。

小郭曾向我追問我東京之行的結果，我也沒有告訴他，因為他和唐婉兒，已到了不可一天不見的程度了。

這件事，告一段落。最後要說一下的是，鈴木正直自殺的原因，不論是為了什麼，我不想去深究，但必須講明，我記述這件事，決不是認為鈴木正直是一個壞到絕頂的日本鬼子。在日本鬼子之中，算是好的了，他至少在殺人之後，見到被殺的人，還會害怕，而現在有多少日本鬼子，戰爭中一樣犯過不可饒恕的罪行，他們可有一點慚愧恐懼之心？一點也沒有，他們甚至還在策劃新的侵略，新的罪行！

戰爭已過去了許多年，應該記着戰爭時我們所受的苦難，還是對戰爭時曾將苦難加在我們身上的人笑臉相迎，正像我在開始時所說的那樣，每個人可以自己去作判斷，自己去決定。

但是別忘記，也不能作任何更改的事實是：日本鬼子曾將中國人當作豬，當作狗一樣屠殺，你或許可以認為中國人該殺，但決不能否認這個事實！

《鬼子》寫完之後，正在構思下一篇的《老貓》，應該如何開始，因為老貓是一件十分詭異怪誕的事，以前從來也沒有寫過，是以頗傷腦筋。

就在這時候，有幾位不速之客，突來相探，其中一位心直口快的，劈頭第一句話，就道：「衛斯理，你小說愈寫愈不對勁了，這篇《鬼子》，怎麼能算是科學幻想小說？」

接着，其餘的人，也不容我發言，就一起討論起來，他們討論的結果是：《鬼子》不是科學幻想小說。

我一直等他們講完，才道：「本來，在我的計劃中，菊井太郎的日記，至少要佔一半以上，日記中菊井太郎如何變態地用種種殘暴手段對付那女人，都準備詳細地寫出來，但是，臨時改變了計劃。」

朋友問：「為什麼？」

我嘆了一聲，道：「詳細去描述日本鬼子如何虐待我們女同胞，在寫的時候，手不禁發抖，那無論如何，不是一件令人愉快的事，所以，便改為約略地提一下就算了。」

朋友又道：「那麼，明明不是科學幻想小說，你怎麼解釋？」

我笑了一下，道：「誰說不是幻想小說？我在小說中，寫一個日本軍人因為曾參加南京大屠殺而感內疚，而感到恐懼，甚至終日跪在供桌之前，受痛苦的煎熬，可是事實上，你們見過這樣有良心的日本鬼子麼？」

《鬼子》畢竟是幻想小說！來客語塞。

（全文完）

環

第一部

神秘女人離奇死亡

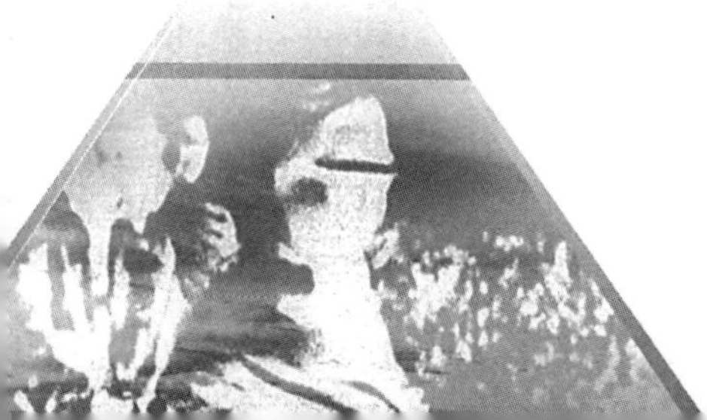

「環」這個字，最原始的意義，是璧的一種，而璧，是一種圓形的玉器，圓形的玉器中間有孔，孔大過玉，叫環，這樣的解釋，大抵沒有問題。

漸漸地，字義擴展，不一定是玉，別的東西，成圓形的，也可以叫環，更漸漸的，環這個字，本身已經獨立，成為一種獨特形狀的形容詞。

人類所能看得到的最大的環是什麼環呢？這是一個很奇特的問題，答案也很特別——土星環。土星環，就是環繞土星的那一個神秘的圓環，對於這個圓環，天文學家到現在還沒有定論，有的以為這個大圓環——它的直徑是十七萬三千里——是光線在許多微粒上的反映，有的天文學家，則認為這個環，是受土星吸力影響而環繞土星運行的流星群。

總之，這個大環，究竟是什麼玩意兒，沒有人知道，其他的星球，也沒有這樣的環，土星環是獨特的、奇妙的、唯一的天體現象。

從高處望下來，被五顏六色的霓虹燈，照映得呈現一種迷幻彩色的街道上，滿是人頭。

如果不是從高處望下來，真難想像人頭和人頭的距離竟是如此之近——幾乎像是沒有距離，而只是一顆一顆地挨擠着。

那地方，恰好是一個行人回旋處，所有的人，都向同一個方向行進着，而人頭也排列成環形，以致自高處望下去，像是一個圓環在向一個固定的方向，轉動着，緩慢地轉動着。

我之所以能在高處看到這種情形，是因為我坐在一間飯店的靠窗位置上，而那家飯店，設在一幢大廈的頂樓，有二十多層高。

音樂很悠揚，一個黑人在起勁地唱着，而我要等的人卻還沒有來。

我多少有點不耐煩：這是不是一個無聊的玩笑呢？

我是接到一個神秘電話，才到這家飯店來的，那個電話的確神秘，一個女人的聲音，請我來，說是有一件十分重大的事要和我商量，當我問她是什麼人時，電話已掛斷了。

我考慮了半小時，決定前來赴約，因為我對一切古怪的事，都有興趣。

而當我一走進這家飯店時，侍者便向前迎來：「衛先生？」

我點了點頭，侍者就道：「雷小姐已訂下了位置，在窗前，希望你滿意。」

我沒有表示什麼異議，又點了點頭，在侍者的口中，我至少知道，打那個神秘電話給我的人姓雷，自然，那可能完全是假託一個姓氏。

就這樣，我在那個位置上坐下來，而且，一坐就達半小時之久。

我皺眉，將視線從馬路上收回來，那位雷小姐，怎麼還不出現呢？我剛想揚手叫喚侍者，忽然看到一個侍者拿着電話，向我走來，他來到了我的桌前，將電話放下：「先生，你的電話。」

他插好了電話插頭，走開去，我有點遲疑地拿起電話來。

當我拿起電話來的時候，我心中在想，那一定又是那位神秘的雷小姐打來的電話。可是，我才將電話聽筒湊到耳際，就聽到了一個很粗暴的男人聲音喝道：「你是衛斯理？」我略呆了一呆，道：「是。」

那男人接着發出一陣聽來令人極不舒服，而且顯然是不懷好意的笑聲來：「約會取消了，你走吧！」

我忙道：「約我在此相會的好像不是閣下！」

可是沒有用，我的話才一出口，對方已不準備和我繼續講下去了，我又聽到了一陣不懷好意的笑聲，然後，便是「啪」地一聲，電話掛斷了。

我慢慢放下電話，皺着眉，這究竟是什麼把戲？

但如果這是一種捉弄，捉弄我的人，又能得到什麼呢？我又會受到什麼損失呢？

當我在想到我可能被捉弄時，我的心中，多少有點惱怒，但繼而想到我決不會損失什麼時，我又為之泰然自若，我招來侍者，點了菜，準備獨自享受一個豐富的晚餐，不再等那位雷小姐了。

一小時後，精美的食物，使我僅有的一點不愉快，也化為烏有，我付了賬，站了起來，就在這時，侍者又拿着電話來了。

我呆了一呆：「又是我的電話？」

侍者有禮貌地微笑着，我只好又坐了下來，這一次，我一拿起電話來，卻又聽到了那女人的聲音。

那女人的聲音聽來像是很焦急，她甚至一面講話，一面在喘着氣，她道：

「衛先生?你還在，謝天謝地，請你一定要繼續等我!」

我回答道:「小姐，如果這是一種捉弄，我看應該結束了!」

那女人的聲音更焦急了，她忙道:「不是，不是，請你一定要等我，我就到了!」

我忙道:「那麼你——」

可是我只講了三個字，那女人又掛斷了電話，這樣無頭無腦的電話，從下午的那個算起，已經是第三個了。我在心中告訴自己，如果再等下去的話，那麼，就是大傻瓜!

可是，我雖然那樣告訴自己，事實上，我還是又等了十分鐘，好奇心是會使很多人做傻瓜的，我是一個好奇心十分強烈的人，自然不能例外。

在這多等待的十分鐘，的確證明我已做了傻瓜，因為並沒有任何人向我走來。

於是，我離開座位，走向門口。

我還未曾來到門口，透過飯店的玻璃門，我看到玻璃門外，裝飾華麗的走廊上，有一個女人，正急急地向前奔過來。

我一看到那女人，立時站定了腳步，這女人奔得那麼急，她是不是就是約我在此相會的那一個女人呢？

一切事情，實在發生得太快，以致我根本沒有機會去進一步地證實我的猜想，那女人奔得如此急，以致她來到了門前的時候，竟忘記了將門推開，「砰」地一聲，撞在玻璃門上，那令得我陡地一呆，而那女人在撞到了玻璃門之後，身子向後，略退了一退，這時，那「砰」地一聲響，引得所有的人，都轉頭向門外看去，那女人的雙手按在玻璃上，雙眼睜得老大，望着飯店內，而她的臉色，變得比紙還白，就在那一剎間，我發覺事情有點不對頭了，我連忙向前奔去。

但是，我才奔出了一步，就見那女人的身子，晃了一晃，跌倒在地上。

我連忙站定身子，指着一個侍者道：「快，快打電話召救護車！」

那侍者急忙轉身，去撥電話，我繼續奔向門口，當我推開玻璃門的時候，有一個中年男子也奔了出來，他的身上還掛着餐巾。

那男人和我先後到了門外，他問我道：「你是醫生？」

我道：「不是。」

那男人道：「我是，快將她扶到沙發上去！」

我來到了那女人的身邊，俯身握住了那女人的手臂，將她拖到了沙發上，那位醫生伸手按住了她的手腕，皺着眉，又翻了她的眼皮來看了一看，然後，嘆了一聲：「死了！」

這時，很多人從飯店出來，圍在門口，七嘴八舌地講着，那女人倒在沙發上，不必是一個醫生，也可以知道她已經死了！

在她死之前，我可以說是最接近她的一個人，但是那並沒有多大的用處，因為我和她之間，隔着一道玻璃門，我根本未能和她作任何的交談。

而她在一碰到玻璃門之後，幾乎立時倒地，死亡來得如此突然，這女人是不是就是曾和我訂下約會的雷小姐，只怕也永遠不能證實。我當時只是在想：如果她就是要和我見面，說是有十分重要的事告訴我的人，那麼，她的死，是自然的意外，還是人為的意外呢？

我抬起頭來，望着那位醫生：「她的死因是什麼？」

那醫生道：「不能肯定。」

我還想再問，電梯打開，救傷人員已經來了，看熱鬧的人後退了一些，一個警官走向前來，隨着救傷人員來的醫生，為那女人略一檢查，便道：「她死了，應該派黑箱車來才是。」

他招着手，一個救傷人員將一幅白布蓋住了屍體，警官回過頭來，問道：「是誰將她扶到沙發上來的？」

那醫生和我同時道：「我們！」

那警官道：「請你們合作，將當時的情形，詳細他說一說。」

那醫生顯然是一個很肯負責的人，他道：「那女人撞在玻璃門上，我坐在離門不遠處，我看到她倒下去，我和這位先生一起奔出門外，等我們合力將她搬到沙發上時，她已經死了！」

警官皺着眉：「你隨意搬動遭到意外的人？」

那醫生道：「我是醫生，當時，我以為她只是昏了過去，我自然要盡快救她！」那警官點了點頭，又問了我幾句話，不多久，那女人就被抬走了。

我和那位醫生，被請到了警局，將我們的話作了正式的紀錄。

這時，我實在想知道那個死了的女人是什麼人，警方人員顯然已經檢查過她的遺物，但是我卻沒有機會，向他們詢問。

我和那醫生是同時離開警局的，當我們來到警局大門口時，一個警官忽然奔了過來，叫道：「衛先生，請你等一等！有一點新的發現，需要你作一個解釋。」

那醫生和我握手離去，我跟着那警官，又到了一間辦公室之中。

在那間辦公室中，已有好幾個警官在，其中包括率領警方人員首先到達飯店的那位警官，我才一走進來，就覺得氣氛很不尋常，我好像是一個待審的犯人。

但是至少在表面上，那幾個警官，對我還是很客氣的，那警官道：「衛先生，請坐。」

我坐了下來，道：「有了什麼新的發現，為什麼要留我下來？」

幾個警官互望了一眼，仍由那警官說話，他道：「衛先生，關於那個死者，你一直未曾向警方說過，你認識死者。」

我不禁感到好笑，立時道：「我根本不認識她！」

鄧警官打開了桌上放着的一本小小的記事簿，那記事簿有着草綠色的皮封面，看來十分精緻，他望着打開了的記事簿：「這裏有一個電話號碼，你看看，是誰的電話？」

當他那樣講的時候，我驚愕地挺了挺身子，我已經意識到會有什麼事發生了！

果然，那警官接着，讀出了一個電話號碼來，那是我的電話號碼，我皺着眉：「這電話號碼是我的。」

那警官合攏了記事簿，放在手心上，輕輕地拍着：「死者身上，這本記事簿，是死者唯一的東西，而在這本記事簿中，唯一的記載，就是一個電話號碼，而經過我們向電話公司查詢，這個電話號碼的擁有者是衛斯理。」

我不禁有點憤怒，因為那警官的話，強烈地在暗示着我和死者之間，有着某種關係！

是以我冷笑着：「你不必向我長篇大論地解釋，我從來不否認這個電話號碼是我的。」

那警官瞪着我：「可是，你卻說你不認識死者！」

我沉聲說：「是的，我不認識她。」

那警官笑了笑：「衛先生，你認為你的電話號碼，成為一個陌生人記事簿中，唯一記載着的東西，不是太奇怪一點了麼？」

我覺得，如果我一味否認下去，問題是得不到解決的，我只有將事情的經過，詳細地講出來，那個突然死亡的女人，身邊的記事簿中，既然有着我的電話號碼，那麼，我肯定她就是打電話給我，要和我約晤的人，大約也不會有什麼錯誤了。

所以我在略想了一想之後：「事情是這樣的，那女人可能和我通過電話。」

那警官現出十分感到興趣的樣子來，向另一個人作了一個手勢，那人立時攤開記事簿，那警官道：「請你詳細將經過情形說一說。」

我點着頭，就將經過的情形，詳細說了一遍，根本事實就是如此，是以我說的時候，也泰然自若，我將如何接到了神秘電話，依時到了飯店，等了許久，又接到了一個男人的電話，等等經過，都講了一遍。

房間中的幾個警官，都用心聽着，等我講完，他們互相望着，都現出不相信的神色來，那向我發問的警官笑道：「聽來像是一篇傳奇小說。」

我憤然：「你有權以為那是一篇傳奇小說，但是我已向警方提供了事實。」

那警官略呆了一呆：「你不知道死者要向你說出的重大事件是什麼？」

我道：「根本沒有和她交談的機會，我看到她匆匆奔來，心中剛想，這個女人可能就是打電話給我的那個，她已經撞在玻璃門上，接着她就倒地，而當我和那位醫生一起趕出去時，她已經死了！」

那警官望着我：「你曾經扶起過她的身子，將她拖到沙發上？」

「是的，你在懷疑什麼？」

那警官道：「你別見怪，我在懷疑，你是不是會趁機在她的身上，取走了什麼東西。」

我心中的怒意更甚：「警官先生，若是我在她的身上取走了什麼，你以為我會承認麼？」

那警官自然也看出我的惱怒，他的涵養功夫倒很好，仍然微笑着：「你曾接到一個男人的電話，如果你再次聽到他的聲音，是不是認得出來？」

「當然可以認得出。」我立時回答。

那警官低着頭，想了片刻：「好，多謝你的合作，我們可能以後還要你的幫助，希望你能再和警方合作。」

我道：「我十分樂意和警方合作，只是希望警方別懷疑我在眾目睽睽之下，有能力隔着玻璃門殺人，那就好了。」

那警官笑道：「衛先生，你真幽默！」

我站了起來：「事實上，我個人對這件事，也十分有興趣，那女人的死因是什麼？」

那警官道：「正在研究中，有幾名專家，在殮房中，正解剖着屍體。」

就在這時，電話鈴忽然響起，一個警官抓起電話來，聽了一下，就道：「殮房泄電，失了火！」

幾個警官都一呆，那聽電話的警官問道：「現在情形怎樣？」

電話中回答的聲音很大，而房間中又很靜，是以可以聽得很清楚：「濃煙密佈，幸而一起火，所有的人都逃了出來，沒有人受傷，現在還無法進入殮房去。殮房中全是屍體，不值得冒險去救！」

警官放下了電話，我的眉心打着結。

殮房泄電起火，本來不是什麼特別了不起的事，但是，那是湊巧呢？還是因為別的原因呢？

房間中的幾個警官，已一起向外走了出去，我也離開，我和他們一起走出了警局，他們登上了一輛警車，駛走了，我獨自在街道上走着。

我的心中在想，那個女人究竟有什麼重要的事要對我說呢？看來，她的死亡，不是偶然的、自然的死亡！當我想到這裏時，我陡地站住了身子，因為我已想到了另一點：如果那女人是被殺死的，而兇手又不想她的死因大白，那麼，還有什麼方法比將她的屍體燒毀更好呢？

如果不是我的想像力太豐富的話，那麼，這件事可能有極其複雜、神秘的內幕。

而現在，這件事的內容，究竟如何，我自然一無所知，因為我連和那女人交談的機會都沒有，當我衝出去時，她已經死了！

更令我奇怪的是，那女人為什麼要找我？約了我之後，為什麼又遲到？

一連串的疑問，盤在我腦際，我也沒有叫街車，就那樣一面想着，一面走回家中。

當我回到家中時，仍然神思恍惚，以致是白素來開門的，也沒有看清楚，直到我坐了下來，才發現她站在我的身前，神色大是不善。

我們夫婦間互相信任，但是白素知道丈夫應一個女人的電話之約而出去，經過了超乎尋常的時間，才心神恍惚地回來，她心中有所思疑，那是必然不可避免的事情。

所以，我不等她發問，就道：「我又遇到了一件怪事，我在警局羈留了很久，那女人死了！」

她呆了一呆，道：「死了？」

「是的。」我一面點着頭，一面將經過的情形，說了一遍。

然後我到書房中，我有一個習慣，每當發生一件奇怪的事情之後，就將發生的經過，記述下來，並且列出疑點。

當我做完了這些之後，早已過了午夜了。

我站起身來，順手脱下了外套，就在我脱下外套，並且將外套拋向衣架時，自我的外衣袋中，忽然跌下了一件東西來。

我略呆了一呆，那東西跌在地毯上，離我並不遠，我可以看得十分清楚，那是一隻直徑約一吋的圓環，古銅色，很薄，那不是我的東西，但是，它卻在我的上衣袋中，跌了出來。

我立即走過去，將那隻圓環，拾了起來，看來它像是金屬的，因為相當沉重，在圓環上，還有許多精緻的、極細的花紋，看來像是一件裝飾品。

但是，作為裝飾品而言，它顯然太不漂亮了，因為它黑黝黝的，一點也不起眼。

第二部

殮房失火屍體失蹤

突然之間，我心頭狂跳了起來。

我在出去的時候，身上肯定不會有那樣的一隻圓環，而我在外面，雖然遇到了許多奇特的事，也不會有什麼人能將這樣的一隻圓環，放進我的衣袋中，我可以說沒有接近任何人——只除了一個突然死亡的女人！

那女人撞在玻璃門上，倒地之後，是我和那個醫生，同時到達她的身邊，將她扶起來的，我扶她到沙發之後，那醫生已證明了她的死亡，但是，當我剛一扶起她的時候，她可能還沒有死！

如果那時候，她還沒死的話——自然，那只不過是我的猜想——那麼，她要將圓環，放在我的上衣袋中，是一件輕而易舉的事情！

我就是想到了這一點，心頭才狂跳了起來的。

那女人身邊的記事簿，有着我的電話號碼，她就是約我見面，說有一件重大的事要告訴我的人，那應該是沒有疑問的事了。

而她遲到，在她遲到的時候，有另一個男人惡狠狠告訴我：「約會取消了。」接着，她又出現，而且，奔得如此匆忙。

一個人，就算行動再莽撞，心中再焦急，但是急到了連在眼前的玻璃門都看不到，而像盲人一樣地撞上去，可能性極少，除非她已知道，她的生命，隨時可以結束，所以她必須爭取每一秒鐘。

一層一層想下去，想到了這一點的時候，我深深地吸了一口氣。

事情多少有點頭緒了，如果我的推理距事實不是太遠，那麼，這隻圓環，一定和那女人要告訴我的大事，有着極大的關係。

那女人已經沒有時間將那件重大的事告訴我了，她只好將那隻圓環，放在我的衣袋中，好讓我在發現那隻圓環之後，再在那隻圓環的身上，去發現她沒有機會告訴我的「重大事件」！

我立時來到了桌前，取出了一張白紙，將那圓環，平放在白紙上，然後，拉下枱燈，使光線集中在那圓環之上，再用放大鏡，仔細審視着環上的花紋。

那環，只有一吋直徑，中間的孔，如一枝鉛筆粗細般大小，環身不會寬過八分之三英吋，但是，上面的花紋，卻細緻得很，在放大鏡之下看來，細紋顯然是不規則的，時而打着轉，像是水流的漩渦，時而呈直線，時而又呈現許多不規則的結。

我看了好一會，將那環翻了過來，一樣用放大鏡看着，背面的細紋，也差不多。

我可以肯定，在那圓環上，如果有着什麼秘密的話，那秘密一定是在環身兩面那種細紋上，但是我卻根本無法知道，那些細紋中藏着什麼秘密。

我足足看了一小時之久，仍然茫無頭緒，於是我用攝影機，將圓環的兩面，都攝了下來。我所用的那種底片，可以放大很多倍，可以將圓環放大成直徑三呎，那樣，就可以進一步研究環身上的細緻花紋了。

我並沒有立即沖洗底片，因為夜實在太深，而我也十分疲倦了。我將一切收拾好，鎖在一個抽屜之中，然後，到了臥室中。

我躺下不久就睡着了，這是我的生活習慣之一，當我決定休息的時候，我就休息，不論有多少奇異古怪的問題困擾着我，我都不再去想它，我奉行如此的習慣，是因為我知道，只有在充分的休息之後，才能保持頭腦的清醒，才能解決疑難。

第二天，我被白素推醒，當我睜開眼來時，已是滿室陽光了。

我一睜開眼來，白素就道：「傑克上校已經第三次打電話來，快中午了，我不好意思回答你還在睡着！」

我一面說，一面坐了起來，白素拿起了牀頭的電話，我接了過來，「喂」地一聲，我立時聽到了警方的高級人員、特別工作室主任傑克上校的聲音，他道：「白天睡覺，你這種生活習慣，真不敢恭維。」

我清了清喉嚨：「對不起，昨天晚上，我實在睡得太遲。」

傑克略停了一停：「昨天，你牽涉進一個女人神秘死亡的事件中？」

我也略停了一停，因為我不知道傑克向我提起這件事來，是什麼意思。

照說，我和傑克是老朋友了，但是也許由於我和他兩個人，同樣固執，同樣對自己的想法，有着大大的信心，所以我們總是無法合得來，不是有某一種事情，令得我們必須交談的話，我們絕不會通電話。

所以，在這時候，我必須想一想，他那樣問我，是什麼意思。

自然，我只想了極短的時間，便道：「是的，我所有的一切，全部告訴了警方！」

「自然，自然，」傑克忙說：「但是這件事，嗯……你知道，有幾個疑點，警方還待澄清一下，所以……所以……」

聽得傑克那樣在電話支支吾吾，我不禁笑了起來，我打斷了他的話頭：「上校先生，你有什麼困難，只管直說，我絕不欣賞你，但是卻對你為人率直這一點，頗有好感，怎麼你連這一點優點也喪失了？」

傑克苦笑了起來：「衛斯理，你真是得罪人多，稱讚人少。」

我道：「那樣有利於解決問題，你有了什麼困難？」

傑克又停了一會，道：「昨晚，殮房失了火。」

我道：「對，在我要離開的時候起的火，但是我卻不知道結果怎樣。」

「殮房忽然起火，燒毀了很多屍體，現在，令人不可思議的是，火在幾分鐘之內，就被撲滅，但是那女人的屍體，卻消失了。」

我呆了一呆，感到一股寒意。

傑克又道：「幾分鐘的火，不足以將一個屍體完全焚化，而且，當時那女人的屍體，正在解剖桌上，解剖桌上的白布，也只不過燒得微焦，所以那屍體是失蹤的。」

「被人偷去了？」我問。

「沒有這個可能。」

「起火的原因是什麼？」

傑克道：「我們已經調查過了，原因是泄電，火勢一下子就變得十分猛烈。」

我吸了一口氣：「那麼，你需要我做一些什麼事情呢？」

傑克「唔」了好一會，可以聽得出他是在下了決心之後才繼續說話的，他道：「衛斯理，我們曾合作過解決不少神秘事件，看來這件事，也需要我們合作，你最好到我的辦公室來一次，我有張十分古怪的照片給你看，關於那女人的！」

傑克上校的話，說得很誠懇，他既然邀我合作，我立時道：「好的，我在半小時之內趕到，我也有一點特別的東西給你看，可能也和那女人有關的。」

我放下了電話，匆匆地穿衣、洗漱，然後，我取了那隻圓環，取出了那卷底片，下了樓，駕車直駛警局。

我是一個十分守時的人，我答應了傑克，在半小時之內到達，我的時間，預算得十分充裕，是不會遲到的。

可是，我遲到了！

當我的車子，才一轉過街角之際，一個男人，突然失魂落魄地自對面的馬路奔過來。

那男人決不是急於趕着過馬路，我可以肯定這一點，因為他簡直是向着我的車子，直衝了過來的，我不知道那男子的目的是為了什麼而想死，但是他在找死，這一點也沒有疑問的了。

我看情形不對頭，立時扭轉車頭，避開了那傢伙的來勢，我的車子，直衝上了行人道，隆然巨響，撞在一條電線杆上。

而向我疾衝過來的男人，仍然不免被我的車子擦中，他倒在地上打了一個滾，又一躍而起，我立時打開了車門，走了出來。

那男子在我一出車子之後，就惡狠狠地撲了過來，這實在是出乎我意料之外的，我在他向我撲來之際，身子一閃。

幸好我閃得及時，因為那傢伙一撲到了我的身前，就向我兜胸一拳，如果不是我閃開，一定被他擊中了，我大喝了一聲，趁他身子在我身邊擦過之際，在他的後頸，給了他一掌。

那時，許多途人都圍了上來，幾乎所有的途人，都指責那傢伙的不是。

那傢伙在中了我的一掌之後，居然沒有昏過去，只是仆在地上，立時又跳了起來，拔腳向前奔去，這時，兩個警員也奔了過來，我道：「抓住他！」

那兩個警員呆了一呆，並沒有立時拔腳追去，我眼看那人推開人群，要逃走了，我一面叫着，一面追了上去。那人奔得十分快，我僅僅跟在他身後六七碼處，我們在街上飛奔着，引得途人側目。

我只注意要追上那人，因為我肯定那傢伙的出現，不是偶然的，其間一定有着什麼陰謀，由於我太全神貫注那人身上了，是以我沒有注意到一輛大卡車，是在什麼時候駛出來的。

那輛大卡車，突然停下。

那是一輛有着極大的密封車廂的大卡車，一停下，車廂的門就打了開來，那人在這時恰好奔到車廂之後，一縱身，就上了車。

而那傢伙一上車，卡車就駛走了！

我自然無法追得上卡車，是以我喘氣，停了下來，但是我還是有時間，記下那卡車的車牌號碼。

在我停下之後不久，那兩個警員也趕到了，其中一個，像是還怕我逃走一樣，一到了我的身前，就伸手抓住了我的手臂。

我忙道：「你們別誤會，可能有人要害我，我是在追趕那個人！」

一個警員半信半疑地道：「你追的是哪個人呢？」

我道：「你們應該看到，我追到這裏，有一輛大卡車等着那人，他跳上卡車，卡車駛走了！」

另一個警員道：「我們沒有看到，只看到你的車子在失事之後，你在逃走！」

我又是好氣，又是好笑，可是，對於不明白真相的人發怒，是最沒有意思的，而我也不去辯白，我道：「那麼，你們的意思是——」

那警員道：「讓我們到警局去。」

我立時道：「很好，但我希望到總局去，因為我和傑克上校有約，他正等着我，我怕要遲到了！」

那兩個警員，略呆了一呆，這時，一輛巡邏車已經駛了過來，在我們的身邊停下，我一躍上車，大聲道：「到總局去，謝謝你！」

那兩個警員，向司機講幾句話，也上了車，車子直駛向總局。

到我走進傑克上校辦公室的時候，足足遲了二十分鐘，傑克已等得很不耐煩了，他大聲道：「你遲到了很久，知道不？」

我攤了攤手：「沒有辦法，我遇到了交通意外，這兩位可以證明。」

那兩個警員，在傑克上校向他們望來的時候，一起行敬禮，一個道：「上校，這位先生——」

傑克上校的脾氣真暴躁得可以，那兩個警員的話還未曾說完，他已經吼叫了起來：「不論他發生了什麼，你們快出去，別耽擱我的時間！」

那兩個警員立時答應着，轉身向外走去，我倒有點抱歉，忙道：「兩位，等我和上校討論完了我們的事之後，一定協助你們調查我的意外！」

那兩個警員點頭道：「謝謝你！」

他們走了出去，傑克走開了他的辦公桌，將門關上，並且按下了對講機，吩咐道：「我在辦一件極其重要的事，不論是什麼人，什麼事，都別騷擾我！」

他的手離開了對講機，我皺着眉：「事情那麼嚴重？」

傑克望着我，苦笑了一下：「可以說嚴重，也可以說古怪，在殮房失火之後，那女人的屍體不見了！」

我點頭道：「是的，依照你在電話中對我的敘述來看，那女人的屍體不是被燒成灰，那麼，一定是在混亂中，被人偷走了！」

傑克大聲道：「我已告訴過你，那決不可能！」

我絕不怕傑克的大聲，仍然道：「如果不是被人偷走，那麼屍體何處去了？在混亂中，有人假扮警員或消防員，要弄走一具屍體，並不是什麼難事！」

傑克瞪着我：「為什麼你不學學相信別人的話，我告訴你不可能，就是不可能！」

我並沒有生氣，因為傑克本人就是那樣的人，我立時回敬道：「這兩句話，你有必要將它錄音下來，不時放給你自己聽聽！」

傑克漲紅了臉，他忽然揮了揮手：「好了，我叫你來，不是為了吵架的，現在，你來看看這個！」

他指着他辦公室上的一張圖樣，我走近去，他道：「這是殮房的平面圖，只有一條通道，火一起，在殮房中的工作人員，全部奔了出來，他們就聚集在這條走廊之中，聞訊而來的警員，也有一二十人，有什麼人可以帶着屍體，離開這裏而不讓人發覺？」

我看着那平面圖，也不得不承認傑克的話是對的，是以我道：「嗯，看來的確沒有可能！」

傑克「哼」地一聲：「你早該相信這點，當有人告訴你二加二等於四時，你就該相信！」

我抬頭道：「上校，要是人對每一件事都沒有懷疑，只怕人類到現在，還在茹毛飲血！」

傑克揮着手，一副不耐煩的神氣：「好了，我不和你研究這些，你來看這個！」

他取過了一個文件夾，打了開來。

在那文件夾中，是幾張放大成十二吋的照片，第一張是一個死人的頭部，我一看便認出，那正是那個突然死在飯店門外的女人。對一個突然死亡，身分不明的人，警方一定循例拍攝照片，存在檔案之中，那本不是什麼出奇的事，我也不明白傑克叫我看這種照片，是什麼意思。

我抬頭向他望了一眼，他道：「這裏，是在飯店門口拍攝的，你可以看到背景是那張沙發。」

我點頭道：「是這個女人，這沒有什麼特別。」

傑克用下命令的語氣道：「看下去。」

我取開了那張照片，下面那一張是全身的，躺在殮牀上，身上覆着白布，仍然是那個女人，手臂和小腿則在白布之外。

這張照片，可能是在準備解剖之前拍攝的，看來仍然沒有什麼異樣。

我抬起頭來，傑克問我：「你發現了什麼？」

我道：「沒有什麼！」

傑克道：「看她的手臂。」

我又低頭去看那張照片，照着傑克所説，注意那女人的手臂。

這一次，我卻看出一些問題來了，在那女人的手臂上，有許多圓形的斑點，每一個斑點，約有一公分直徑，很多，佈滿在她的手臂上。

我皺起了眉，我看到了那些斑點，但是我仍然不認為有什麼特別，我道：「這個女人的皮膚不好，那可能是很多大型的雀斑。」

傑克道：「如果像你那麼想，那麼，可能什麼問題也發現不了，我就不同，我看到了那些斑點，我覺得可疑，我將底片放大，你再看下去，下面那張照片，是其中的一個斑點。」

我又取開了那張照片，下面那張十二吋的照片上，是一個大圓形的黑色東西，看來有點像是用特殊鏡頭拍攝的太陽。

在那個大而黑色的圓形上，有着許多奇形怪狀的曲線，不規則的，有的打着圈兒，有的很長，有的很短，看來都像一個光滑的平面，決不像是一個人的皮膚。

我吸了一口氣，又取開了那張照片，接下來的幾張，也全是放大了的圓斑，看來都差不多。

我看完了照片，抬起頭來，傑克道：「你不覺得古怪？」

我實在不知怎麼説才好，的確，很古怪，古怪之極了，或許正因為太古怪了，所以我才不知道該如何表示我的意見才好。

我呆了片刻，才道：「照你看來，那是什麼？」

傑克道：「我不知道，但是照當時主持解剖的醫生説，他的説法是，那些圓斑，像是魚身上的鱗片，他曾去觸摸過，那是一種極薄的角質東西，他正想叫其他人來看時，就起火了！」

我又呆了半晌，才道：「你的意思，一個女人，她的手臂上，長着很多鱗片？」

我在那樣說的時候，實在忍不住想笑。我想笑而又竭力忍着的情形，傑克自然看得出來，他立時道：「別笑，這是事實！」

我感到有點抱歉，連忙正色道：「那麼，你可有和皮膚科的專家研究過，什麼皮膚病，會使人的身上長出鱗片來。」

傑克道：「不必研究，根本就沒有這樣的皮膚病。」

我望着傑克，傑克也望着我，過了好一會，我才道：「那麼，這件事沒有結論？」

傑克道：「是的，沒有結論，如果她的屍體還在，自然可以作進一步的研究，但是，她的屍體不見了，這就變成沒有結論了。」

我沉聲道：「所以，首先要將屍體找回來。」

傑克來回踱着：「我們正盡全力在進行，還沒有頭緒。是了，你說有東西給我看，那是什麼東西？」

我伸手入袋，將那隻圓環，取了出來：「就是這件東西，在我回家之後，發現它在我的衣袋之中，我猜想是她放在我的衣袋中的。」

傑克翻來覆去地看着那圓環：「留在我這裏，讓我交給研究室去好好研究一下？」

「當然可以，但是我希望知道研究的結果。」

「可以的。」傑克爽快地答應着，然後他道：「你不要到殮房去看一看？」

我搖頭道：「不必了，屍體又不是一枚針，無法藏起來的，我想，剛才我遇到的意外，不是偶然的，我記下了一輛卡車的號碼，請你查一查。」

我將那卡車的車牌號碼說了出來，傑克一面記下來，一面已按下對講機，叫人去追查這個號碼了，等他吩咐完了之後，他才嘆了一口氣：「衛斯理，你有沒有懷疑過，那女人可能——可能——」

他連講了兩個「可能」，卻未曾講下去。我知道他想講些什麼。

因為我自己也有那樣的想法，只不過我是那樣想，未曾講出來而已。

這時，我看到傑克那種十分難以出口的樣子，我便立時接了上去：「可能是另一種人？」

傑克連忙點頭，道：「對，另一種人，我正是這個意思。」

在他那樣說了之後，我們兩人，都沉默了下來。

我們都知道相互所說的「另一種人」是什麼意思，那是我們都在懷疑，那個突然暴斃，屍體又神秘失蹤的女人，不是地球上的人，而是來自其他星球上的人。

當時，我和傑克兩人，臉上的神情，都極其古怪，任何人，當想到其他星球上的生物，來到地球時，總不免心頭產生一種極其難以形容的神秘和恐怖之感的，因為地球上的人都知道，地球實際上是一個「不設防的星球」，如果其他任何星球上有生物到達地球上的話，地球上的人類，決無抗拒的力量。

那也就是說，人類的末日到了。

我和傑克兩人，足足沉默了三五分鐘，我首先笑了起來：「傑克，或許我們兩人的想像力太豐富了一些，事實並非如此。」

傑克的精神，也變得輕鬆了許多，他道：「你說得對，我如此想，是受了你的影響，你總是喜歡想像外星人！」

聽得傑克那樣說，我立時瞪着他：「別忘記，剛才是你首先提出來的！」

傑克就是這樣的一個人，和他在一起，決不是一件愉快的事，因為他自己有了錯，不是賴在別人的身上，就是輕描淡寫地說什麼「不必去討論它了」。

但是，當別人有什麼錯誤時，他卻一定不肯放鬆，並加以攻擊。

我熟知傑克的脾氣，心知和他爭下去，也不會有什麼結果，是以我也只是淡然一笑，道：「那女人打電話來約我，說是有一件很重要的事來找我商量，如果她是一個外星人，她為什麼會向我求助？」

傑克點頭道：「很有道理。」

這時候，辦公室外有人敲門，傑克應了一聲，一個警官推門走了進來，道：「上校，你要查的那個貨車號碼，一年之前，因為貨車失事，車主已將之註銷了。」

傑克怒道：「好傢伙，有人用已註銷的車牌為非作歹，快下令通緝那輛貨車。」

那警官答應了一聲，立時走了出去，我的心中，立時生出了疑問：「奇怪，普通人是不容易知道哪一輛車牌被註銷了的。」

傑克立即答道：「如果存心犯罪，那就不同，他可以查得出來——」

傑克講到這裏，突然停了一停：「衛斯理，你懷疑什麼？」

我搖着頭，我那時的心還十分亂，一點頭緒也理不出來，所以我只好道：「沒有什麼，我只不過隨便問問。看來，這件事要有進展，還真不容易。」

傑克道：「是的，至少要找到那輛卡車，或是在那個環中，找出什麼來。」

我道：「對的，這兩個線索，如果有了什麼發現，請你通知我。」

傑克道：「你已經受過一次襲擊，你可得要小心些，事情有些古怪。」

我一面走向門口，一面道：「多謝你的關心，當時，那個人向着我的車子直衝過來，像是要自殺，當時，如果不是我控制得宜，早已將他撞死了。」

傑克苦笑着：「怪事，總之，什麼事都是古古怪怪的。」

我打開了門，傑克又叫道：「我隨時和你聯絡。」

我答應着，向外走去，傑克送我到了門口，我走出不多遠，那兩個警員已向我走了過來，我道：「我的交通失事，是不是要錄口供？」

那兩個警員忙道：「不必了，我們已派人將你的車子，拖到車房去了，那只不過是小意外，也沒有人受傷，算了！」

我點了點頭，出了警局。

第三部

圓環是磁性鑰匙

我是坐警方的巡邏車來的，這時，自然沒有警車送我回去，所以我只好走着，走出了一條街，我揚手截停了一輛街車。

我伸手去拉街車的車門，就在那一剎間，我在街車窗玻璃的反映上，看到在我身後的不遠的街角處，有一個人，正探頭探腦地向我張望。

在街車的窗子玻璃的反映上，不能將那人的容貌看得十分真切。

但是不必看得真切，只要看一眼，就夠了，我立時可以肯定，那傢伙就是撞我的車子，向我撲過來，後來又逃上了卡車的人。

這個人，也可能是當我在飯店等候那女人，打電話來告訴我約會已取消了的那人。

一句話，這傢伙正是無數怪事的關鍵。

在那一剎間，我的心中，登時變得異常緊張起來，因為我必須抓住那傢伙，但是那傢伙在我的背後，離我足有十來碼。

那傢伙只要一看到我轉過身來，一定會轉身逃走！

如果我錯過了現在這個機會，可能以後再也見不到他。

當時我不但緊張，而且心中着實猶豫，不知道該如何做才好，街車司機見我把住了門柄不動，還以為我打不開車門，幫我來開車門。

我一見街車司機轉過身來，靈機一動，忙低聲道：「你聽着，你要用最快的速度，載我兜過後街，穿到那個街角口處，知道麼？」

司機疑惑地道：「這是什麼意思？」

我道：「你不必問，我是警方人員，在街角口有一個人站着，你看到沒有？他是被通緝的罪犯，我要在背後截阻他。」

司機忙道：「我知道了。」

我一彎身，進了車子，司機立時駕着車前去，立時轉進了一條橫街。

當車子轉進橫街的時候，我迅速地回頭，看了一眼，我看到那傢伙走前了一步，站在街口，像是正在觀察我離去的方向。

那司機十分機靈，車子穿出了那橫街，又轉了一個彎，不到半分鐘，已來到了那條街上。

我看到那街上，停着一輛大卡車，也正是載着那人逃走的那一輛。

而那個人，正在由街口望回走來，走到那輛大卡車。

我忙道：「將車子直駛那人的身前停下來。」

在我那樣吩咐司機的時候，我已經打開了車門，司機陡地加大油門，直衝了出去，在那人離卡車還有五六碼之際，車子已到了他的身前，那人陡地一呆，一陣尖銳的緊急煞車聲，車子停了下來，我也就在那一剎間，推開了車門，一躍而出，向那人撲去。

當我向那人撲去的時候，那人也看到了我，我們打了一個照面。

在那人臉上，現出的那種驚駭欲絕的神情，我實在不容易忘記，他的反應也十分快，大叫了一聲，轉身便奔，可是在那一剎間，我已然撲到了他的身後，將他重重地壓得跌倒在地。

那人的氣力十分大，我壓倒了他，兩人一起滾跌在地上，他用力一推，將我推了開去，立時又起身向前奔跑，可是在那樣的情形下，我怎容得他逃走？我立時又向上撲過去，再次將他壓倒。

那時，那街車司機，也從車中走了出來，我用力扭住了那人的手臂，那人還在猛烈地掙扎着，我急叫道：「快來幫我！」

那司機疾奔了過來，這條橫街雖然不是什麼熱鬧的街道，可是給我們這樣一鬧，卻也有不少人圍攏了來觀看，那司機直奔了過來，眼看我們兩人合力，那傢伙一定再也走不脫了。

可是就在此際，只聽得在街道兩旁圍觀的人一起發出了驚呼聲，我心知事情有異，連忙回頭看去，只見那輛停在街邊的大卡車，這時，正以極高的速度，向我們衝了過來。

在那一瞥之間，我無法看清楚那駕駛卡車的人的臉面，而駕駛卡車的人，也彷彿故意低着頭，一看到卡車高速衝了過來，我立時一聲怪叫，用力推開了街車司機，兩人一起滾到街邊去。

在我和街車司機向旁滾開去的時候，那傢伙已經跳了起來，他向着卡車揮手，大叫着。

他在叫些什麼，也沒有人聽得清楚，我滾到了街邊，才抬起頭來，事情已發生了。

或許那傢伙在向着卡車揮手，是要卡車停下來。然而，那輛大卡車卻並沒有停，仍然向前疾衝了過來，「砰」的一聲響，將那人撞個正着。

剎那之間，所有人都發出了驚呼聲，有幾個女人，更是尖聲叫了起來。

那人被卡車撞中之後，身子向前，直飛了出去，而那輛卡車在撞倒了人之後，去勢更快，「呼」地一聲，駛出了橫街，立時轉入直路。

我一躍而起，奔向那被卡車撞倒，又拋開了一丈多遠的傢伙，在我奔到那傢伙身邊的時候，他居然又搖搖晃晃地站起來。

我急叫道：「快召救護車來！」

還沒有人答應我的呼喝，那人已然道：「不……必了！」

他講了三個字，身子又一倒，「砰」地跌倒在地，我忙俯身看他時，幾個警員已經奔了過來，我直了直身子：「他死了！」

那幾個警員圍住了我，我沉着地道：「快去通知傑克上校，我才和他分手。請他立即來，這件事十分重要！」

事情就發生在警局的旁邊，是以剎那間，大批警員已經湧了過來，將看熱鬧的人驅散，不到三分鐘，傑克也奔了過來：「什麼事？」

我用最簡單的語句，將發生的事說了一遍，然後才道：「我只想捉住他，他拚命掙扎，卻沒有想到，他的同伴，卻將他撞死！」

傑克忙道：「還是那輛卡車？」

我道：「我可以肯定，那輛卡車。」

傑克上校忙回頭向身後一個警官道：「封鎖整個區，搜捕那輛卡車！」

那警官奔向一輛警車上的無線電話，傳達了傑克上校的命令。

我和傑克上校，一起俯身去看那個被卡車撞死的人，在我們同時俯身下去時，我們互望了一眼，我猜想，傑克那時，心中所想的和我一樣。

我們都曾懷疑那女人是「另一種人」，那傢伙顯而易見，和那女人是有關係的，那麼，他是不是也是另一種人呢？如果他是的話，那麼，他現在是落在我們的手中，再也不會神秘失蹤了！

我們一起來到屍體之前，只見那個人臨死之前的神情，十分可怕，雙眼睜着，口也張得老大，我低聲道：「是他，我從家中出來，突然撲向我車子的就是他。」

傑克「哼」地一聲：「照説，他不應該被車子撞死的，不然，他不該撲向你的車子。」

「或許他知道我一定會及時煞車，他的目的，是向我襲擊。」我說。

傑克沒有出聲，一個探員在死者的身上搜索着，那死者的身上，可以說是空無所有，直到解開了他的襯衣鈕扣，才有了發現。

那傢伙的頸際，用一條細鏈，掛着一個徑約吋許的圓環，黑黝黝的一個圓環。

如果不是曾有一個同樣形狀、大小的圓環，曾無緣無故出現在我的衣袋之中，而又被我推定為是那女人臨死之前放在我袋的話，那麼，這時就算看到了那個圓環，也一定不會引起特別的注意，一定當它是一件普通的裝飾品而已，但是以前既然有那樣的事情發生過，自然便不大相同了，一看到那個圓環，我愣了愣，傑克的反應比我還快，他立時叫道：「離開！」他一面叫，一面伸手推開了那探員，俯身下去，托起了那個圓環，又仰起頭來望着我。

我立時道：「我們可能獲得極其寶貴的東西了，快將它除下來！」傑克找到了鏈子的扣子，將那圓環除了下來，托在手掌心，我們兩人，用心看着，異口同聲道：「和那一個，完全一樣！」

我立即又道：「這圓環在他們而言，一定有極重要的作用，快藏起來，好好地研究。」

傑克點着頭，小心翼翼地將那圓環，放進了衣袋之中，這時，黑箱車也來了，屍體被搬上了黑箱車，至於那輛卡車，雖然已有四十餘輛警車，在這一區搜索它的下落，而它又是龐然大物，可是卻一點結果也沒有。

在黑箱車駛走之後，傑克搓着手，顯得很高興：「這次，我們總算又有了一個了，雖然是死的，但總算有了頭緒。」

我明白他的意思，他是在說，那女人的屍體，神秘消失，可能是由於一種神秘力量的指使，但是現在，他又有了一具屍體。

我皺眉：「剛才忘了看一下，那死者的手臂上，是否也有鱗片。」

傑克道：「急什麼，等他到殮房之後，再來慢慢解剖，這次，總不會再走了！」

我開玩笑地道：「只怕到不了殮房！」

我是説着玩的，可是傑克卻認了真，他陡地一震：「什麼意思？你是説，在半途上，黑箱車可能出事？」

我笑着道：「黑箱車出事？我看沒有什麼機會，從這裏到殮房，是在封鎖的區域之內，幾十輛警車在不斷巡邏，誰能做什麼手腳？」

可是傑克卻還是十分不放心，他連連頓着足，並且埋怨我道：「唉，你為什麼不早提醒我？」

看到他那樣着急的情形，我只感到好笑，我道：「你急什麼？要是你真的不放心，那麼現在，我們可以一起到殮房看看！」

傑克大聲道：「説得是！」

傑克伸手一招，一輛警車疾駛而來，我和傑克上了車，車子疾駛向殮房，五分鐘後，我們已經到了殮房的門口，我和傑克下了車，我覺得事情十分不對頭。

因為殮房中冷清清的，絕不像是才有黑箱車到過，發生過事一樣！

傑克的面色變得發青，他衝了進去，找到了管理員，劈頭第一句就道：「那死人呢？」

那管理員被他問得莫名其妙，不知如何回答才好，我心頭一寒：「傑克，出事了，黑箱車沒有理由比我們到得遲。」

傑克也不再問管理員，和我兩人，匆匆地奔了出來，我們才出門口，駕駛警車的警員，已匆匆走了過來，道：「上校，有意外！」

傑克上校直趨警車，拿起了無線電話，大聲道：「有什麼意外，說！」

在無線電話中傳出的聲音道：「上校，黑箱車在一條橫巷中失事！」

傑克破口罵了起來：「他媽的，大路不走，他駛到橫巷作什麼？」

無線電話中的回答是：「不知道，司機撞死了，黑箱車在撞牆之後，立時起火，兩個仵工倉皇逃走，倒沒有受傷，車子已燒毀了！」

傑克的臉色，白得簡直是塗上了一層粉一樣，他大聲問道：「那麼，那死人呢？」

對方像是呆了一呆，不明白傑克為什麼在那樣的情形下，還在關懷一個死人，是以他的答話很遲疑：「那死者……上校，火勢十分熾烈，那兩個仵工只顧逃生，無法將死者拉出來。」

上校狠狠地摔下了電話，轉過身來，我立時道：「上校，發怒無濟於事，我們要去現場看看！」

傑克被我一句話提醒，忙道：「是，快去！」

我和他又鑽進了警車，不一會，便來到了黑箱車出事的横巷中。

難怪傑克一聽得黑箱車在這裏出了事，便忍不住破口大罵了起來，因為黑箱車絕沒有理由，在到殮房的途中，駛到這裏來的。

但是，黑箱車卻的確在這裏，撞在牆上，那一撞的力道，還着實不輕，車頭全陷了進去，整輛車子，在我和傑克到達的時候，還在冒煙，車子被燒得不復成形。

傑克一到，就命令警員將黑箱子的門，撬了開來，我看到，車廂內，裝屍體的木盒，已燒成了焦炭，在車廂中，連一隻死老鼠都找不到，別說一個死人！

我和傑克都呆呆地站在車廂之前。

我們的心中都明白，燃燒車輛的火頭再猛烈，也決不能將一個死人燒得無影無蹤。

這個死人，和殮房中的死人一樣，都是在一場火之後，變得無影無蹤的，這實在是一件不可思議、無法解釋的事情！

傑克呆了半晌，轉過頭來，我看得出他臉上那種又憤怒、又沮喪的神情，於是我只好安慰他道：「不怕，我們至少有兩個圓環了。」

傑克恨恨地道：「就算有九個，又有屁用？」

我並不和他爭論，傑克就是這樣的人。

這時，一個警員已帶着那兩個仵工，來到了傑克的面前。

傑克心中的怒火，總算有了發泄的對象，他大聲吼叫，口沫橫飛，像是要將那兩個仵工吞了下去一樣，喝道：「見什麼鬼？駛到這裏來幹什麼？」

兩個仵工嚇得臉都黃了，一個道：「我們……不知道，不是我們開車的，司機突然轉了進來，我們剛在奇怪，車子已撞上了！」

傑克又吼道：「撞上了又怎樣？」

另一個仵工道：「一撞車，車門就彈了開來，我和他，是被彈出來的，我們剛一跌在地上，車子就起火了，我看司機一定是發了神經！」

傑克厲聲道：「你怎麼知道！你是醫生？」

那仵工嚇得不敢再出聲，我在一旁，看到傑克那種大發雷霆的情形，實在想笑，但是，卻又不好意思，傑克呼呼地轉過身來，我又勸他道：「算了，和殮房的大火一樣，看來我們查不出什麼來，還是集中力量，研究到手的那兩個圓環的好。」

傑克嘆了一聲，道：「研究室的工作真慢，我已催過他們，應該有結果了，你和我一起回去。」

我點頭道：「自然。」

傑克垂頭喪氣地下了車，我的精神，也不見得如何振作，我只是在想，兩具屍體，能被採用同一方法消滅了，這實在是一件十分值得研究的事。

首先，可以肯定的是，對方（我完全不知道對方是什麼路數，但稱之為「對方」，總是不錯的。）絕不希望他們的人落在我們手中，而死者（對方的人）在火中，會消失無蹤，如果不是那種火的熱度特別高，就是那種人的身體，特別不耐熱，兩者必居其一！

而這兩點，都十分耐人尋味，如果有一種火，能在剎那之間，達到極高的溫度，那是我們目前科學所不能解釋的事。

而另一方面，也是一樣，如果有一種人，他們的身體，特別不耐熱，那麼，他們必然和我們有所不同，是「另一種人」。

在車上，我將我的想法，向傑克說着，他聽得十分用心，濃眉打着結。

然後，他嘆了一口氣：「衛斯理，在我們所遇到的事情之中，只怕沒有一件比這更麻煩的了。」

我卻反對他的意見：「不，上校，我曾遇到過不知比這更麻煩多少的事，現在這件事，我們至少還有那兩個環在，可以在這上面找出線索來。」

傑克喃喃地道：「但願如此。」

車到了警局，我們一起走進去，在未到傑克的辦公室前時，一個禿頭男子迎了上來，傑克一看到他，便嚷叫道：「主任，有什麼發現？」

接着，他就向我介紹，道：「這位是警方的研究室主任，王主任，他主持一個設備完善，幾乎可以分析任何東西的研究室。」

王主任和我握着手，道：「上校，你交下來的那個圓環，據我的判斷，那是一柄鑰匙。」

傑克已推開了辦公室的門，我們三個人，一起走了進去，一聽得王主任那麼説，我和傑克兩人，都愣一楞：「什麼？鑰匙？」

王主任道：「是的，你看看這分析報告，這環是金屬，是鐵、鎳的合金，高度磁性，磁性點強得高達二十點六度，如果通電之後，還可以增強四倍，這樣強大的磁力，足以推開一扇一呎厚的保險庫大門。」

傑克望着王主任：「是一柄磁性的鑰匙？」

「是的。」王主任對他自己的判斷，很有信心，「這種磁性的鎖和鑰匙，還未十分普通，自然，磁性如此之強，很特殊。」

傑克又向我望來：「你知道磁性鎖是怎麼一回事麼？」

我點頭道：「當然知道，將磁性鑰匙插進孔去，就可以代替鑰匙，但是卻比普通的鎖安全得多，因為磁性鑰匙，無法仿造，除非掌握有磁性鎖的一切資料。」

王主任將那個圓環，附在報告書的後面，用一個透明的小盒盛着。傑克伸手自口袋中，取了另一個圓環來，王主任奇道：「又是一柄，你從哪裏弄來這種磁性鑰匙的，那麼要用這種鑰匙來開啟的門，在什麼地方？」

傑克苦笑了一下：「但願我能夠知道，如果我知道了，就算那扇門中，有一條會噴火的恐龍，我也要開進去看看。」

他一面說，一面將那盒中的圓環，取了出來，放在手中比較着。

那兩個圓環，顯然是一樣的，不必用放大鏡，也可以看出他們上面的細紋，完全一致，王主任也將兩個環仔細比較着，然後他感嘆道：「一定要有高度精密的工業水準，才能夠製出這樣完全相同的兩柄磁性鑰匙來。」

傑克想了片刻，才道：「謝謝你，暫時沒有什麼需要你幫助的了。」

傑克送着王主任出去，然後，他在辦公室中，來回踱着步，我則在翻閱着王主任的報告書。

過了片刻，傑克才突然道：「你可知道我現在在想些什麼？」

我抬起了頭來，傑克道：「我們現在，有了鑰匙，你知道我們下一步，應該做什麼？我們應該去找那扇門！」

我想了一想，才徐徐地道：「上校，不一定是一扇門，也可以是別的東西，這柄磁性鑰匙，可能用來着亮一盞燈，打開一個抽屜，發動一輛汽車，一架飛機，它的用途太廣泛了，舉不勝舉。」

傑克是一個不肯認輸的人，他忙道：「更可以用來打開一道門，我仍然沒有説錯，總之，我們要找出這兩個環形的磁性鑰匙，是什麼用的！」

我點頭道：「自然，我同意你的説法，而且，我還有一個提議。」

傑克忙道：「説。」

我道：「現在，我們一點頭緒也沒有，我提議是我們兩人分頭去找，機會自然愈多愈好，我們可以每天聯絡一次，你看怎樣？」

下。」

傑克立時同意：「這辦法不錯。」

我道：「那麼，你要給我一個圓環，如果我找到了目的物，可以先試用一下。」

傑克猶豫了一下，才道：「好的。」

他將一個圓環給了我，我告辭，在我走出來的時候，傑克跟了出來，向一個警官在大聲呼喝，責備他直到現在，還未找到那輛卡車。

由於那個神秘的女人，約我相會之後，已發生了一連串神秘的意外，包括車禍、襲擊、死亡，所以我在離開了警局之後，行動分外小心。

我貼着街，慢慢走着，小心留意着身邊一切的動靜，我走出了幾條街，才召了車，回到了家中。

那時，已經是下午了，白素留下了一張字條，她出去了，僕人也不在，我按鈴無人應門，取出鑰匙，打開了門，一直來到書房中，取出了那個環來，放在桌上，對着它凝視着。

一柄磁性鑰匙，可以有上千種的用途，而且，就算我找出了它的用途，於事也是無補，譬如說，我知道那是一柄汽車的鑰匙，我又怎能知道那汽車在什麼地方？

我站了起來，伸了一個懶腰，我覺得肚子有點餓了，是以我走到樓下，吃了一點點心之後，我重又上樓。

我實在想好好地睡一覺，以補償連日來的勞頓，但是我還是向書房走去，因為那個環，對我還是有着無比的吸引力。

相信在謎底未曾揭開之前，這種吸引力不會消失，因為我是一個好奇心十分強烈的人。

我來到了書房的門口，便陡地一呆。

我記得，在我離開的時候，我並沒有將門關上，而現在，書房的門卻緊閉着。

不可能是風將門吹上的，因為根本沒有風。

我立時想到那個圓環，我在下樓的時候，就將那個圓環放在桌上。

對方既然不願意他們的人，落在我們的手中，自然也不會喜歡他們的圓環，來給我們作揭開神秘謎底的線索，我一想到這裏，立時去推門，可是門卻在內裏被鎖上了，那毫無疑問，有人偷進了我的書房，我用力撞着門，撞到第三下，一聲砰然巨響，門已經被我撞了開來。

門被撞開，我整個人衝進書房，我看到一扇窗打開着，同時，看到有兩隻手，攀在窗檻上，那兩隻手只要一鬆，那人就可以跳到街上，我也就捉不到他的！

在那一剎間，我簡直沒有多作考慮的餘地，我疾取起桌上的裁紙刀來，又疾拋了出去。

那種飛刀的手法，是我跟一個馬戲班賣藝的高手學來的，刀「刷」地飛出，在不到一秒鐘內，射中了那兩隻手中的一隻，而且，還發出了「奪」地一聲，刀尖穿透了那隻手掌，釘進了窗檻。

我立時聽到一聲慘叫，我也立時衝向前去，喝道：「別再動了，除非你想變成殘廢！」

當我講完那句話時，我早已到了窗口，我也看到了那個人。他的雙手，仍然攀在窗檻上，由於他的一隻手，已經被尖刀刺穿，是以在他的臉上，現出極其痛苦的神情來，那是一個三十歲左右的男人。

我一到，便緊緊握住了他的手臂，那人喘着氣：「放我……走！」

我冷笑道：「進來，我們慢慢談。」

我仍然緊握着他的左腕，用力拔起了那柄刀來，那人又發出一連串的呻吟聲，我將那人從窗外扯了進來，將他推倒在椅子上。

那人的右手，不斷地流着血，他的面色，白得像是塗着一層白堊一樣。

我向桌面望了一眼，那環已不在了，那時候，我心中的高興，真是難以形容！

那環不見了，這人是來偷那個環的，那麼，他自然是那女人、那個被車撞死的人的同黨了，我終於捉到一個「對方」的人了，而且是活的。

我望着那人，那人縮在沙發中，我冷冷地道：「你是什麼人？」

那人呻吟着：「你別問，我是一個小偷！」

我冷笑着：「承認自己是一個小偷，倒是一個聰明的辦法。」

那人呆了一呆，眼珠轉動着：「那麼，你認為我是什麼人？」

我道：「你是什麼人？只有你自己才知道，你是一個小偷，為什麼不偷別的，只偷那個一錢不值的圓環？」

那人苦笑了起來，道：「有人出錢叫我偷的，他們出很多錢，叫我偷的，我真是小偷，我叫阿發，你不相信可以到警局去查我的檔案，我因為偷竊，曾經有過入獄十八次的紀錄！」

我不禁呆了一呆，一個人有十八次入獄紀錄，那麼，他毫無疑問是一個小偷！

第四部

追查神秘組織

在我沉吟不語間，那小偷哀求道：「先生，我實在不想再入獄，你看，我已經受到了你的懲罰，放我走吧，先生，我不敢再來了。」

我望着他：「阿發，你受什麼人的委託，來我這裏偷東西的？」

阿發的眼珠骨碌碌地轉動着，但是他卻並不回答我的話，我冷笑一聲：「或許，我該現在打一個電話給洪老三，叫他來問你。」

一聽得自我的口中，道出了「洪老三」的名字，阿發急速地喘着氣，叫道：「別驚動他，不必驚動他。」

洪老三是我認識的三山五嶽人馬中的一個，他控制着許多小偷，如果以為小偷看到了警察就害怕，那是假的，唯一能令得像阿發這樣的慣竊，產生恐懼之心的，只有像洪老三這樣的人物，因為警察執行的是法律，而像洪老三那樣的人，執行的卻是中古式的私刑。

我一句話就奏了效，阿發在呆了一陣之後，忽然已轉動着眼珠：「你認識洪三爺？」

我冷冷地道：「要是不信，可以當場試驗。」

阿發忙道：「不必了，好，我告訴你，我也不知道那些是什麼人，他們在我的住處找到了我，要我到這裏來偷一個這樣的東西，他們先給我五百元，等偷到了之後，再給我五百元。」

我道：「很好，你得手之後，到哪裏去將東西交給他們？」

阿發皺着眉：「奇怪得很，他們不要我偷到的東西，只是囑咐我在得手之後，將東西拋進陰溝去，就已經算是完成了。」

我又呆了一呆，這證明那圓環，對「他們」來說，並不重要，他們可能每人都有一個，重要的只是，這種圓環，不能落在外人的手中，那可能是「他們」身分的一種象徵，如果落在外人手中，會暴露他們身分。

然而，我不明白的是，他們為什麼那麼相信狡猾的阿發，不會騙他們？

我的腦中，陡地一亮，他們一定有人在暗中跟蹤阿發，可以偵知他的一切行動！

一想到這裏，我立時道：「喂，阿發，快將你身上的衣服脱下來！」

阿發呆了一呆，他在一時之間，顯然不明白我那樣説，是什麼意思。

我又重複了一遍，並且加了一句補充：「你留在我這裏，別走，等我回來，我會給你錢，並且向洪老三保舉你作為一區的小偷頭兒！」

看阿發的神情，像是在做夢一樣，但是他還是迅速地將他的衣服，脫了下來，而我立即換上了他的衣服，我在換上了他的衣服之後，捏着那圓環，從窗口攀出去：「你記得，千萬不能亂走，等我回來！」

我講完了那句話，就順着水管，直攀了下去，然後，我跳到了橫街口。

街上十分靜，一個人也沒有，我在想，或者我的判斷有錯誤，但是無論如何，那值得試一試。

我貼着牆，向前走着，似乎未曾發覺有任何人在我的附近。當我來到了一處陰溝的鐵柵前面時，我站定了身子，俯身向下，作狀要將手中的圓環，塞進陰溝去。

在我俯下身去的那一剎間，我的四周圍，仍然沒有任何動靜。我暗嘆了一口氣，心想我失敗了，可是，也就在圓環快碰到陰溝的鐵柵時，一輛車子，陡地轉過了橫街，疾駛了過來。

那輛車子是來得如此之快，以致令我陡地一愣，車子在我身邊停下，一個人自車中伸出手來，他的手中，捏着一張鈔票。

在那時候，我心頭狂跳了起來。

終於有人出現了！

我盡量偏着頭，使車中的那個人看不清我的面目，但又不致引起他的疑心。

我聽得那人道：「阿發，這裏是另外五百元，將你手中的東西給我。」

我略轉了轉頭，看到車中只有一個人，我也無法看清他的面目，我含糊地應了一聲，伸出手去，然而，我卻不是將他手中的鈔票全接過來，我伸出手去，倏地抓住了他的手腕。

我在一抓住他的手腕之後，就將他的手臂，向上一揚，緊接着，又猛地一壓，將他的手臂，壓在車門上，車中那人，發出了一聲怪叫。

他的怪叫聲還未曾完畢，車子已突然向前衝了出去，但也就在那一剎間，我已打開了車門，將那人從車中，直拖了出來。

車子失去了控制，一聲巨響，撞在牆上，我在那人自車中拉了出來之後，那人揮拳便向我擊來，我一閃避開，就勢一扭手腕，將他的手臂，扭到了背後。這時，我已看到街兩邊的屋宇，紛紛着亮了燈，當然是車子相撞的聲音，驚動了人們。

而這時，那人雖然還竭力掙扎着，然而我既然已將他的手扭到了背後，自然是佔了極度的優勢，我推着那人，迅速地向前去，轉過了街角。來到了我住所的門口，打開了門，大聲叫道：「阿發，下來！」

阿發自樓上奔了下來，我又道：「着亮燈！」

燈光一亮，那人立時低下頭，不再動，我將那人推到了阿發的身前：「你看清楚，叫你到我這裏來偷東西的，是不是他？」

阿發向那人望了一眼，忙道：「是，是他，除了他之外，還有一個高個子。」

直到那時為止，我還不知道那人是什麼樣子的，我將那人用力向前一推，那人跌出了幾步，恰好跌坐在一張沙發上。

我立時厲聲道：「如果你還想多吃苦頭，那就不妨試試逃走！」

那人的身子，向上挺了一挺，那時，我才看到，那傢伙的樣子十分普通，完全是街邊隨時隨地都可以遇到的那種人。

我望了他一眼：「阿發，你站在他背後，他要是有什麼異動，不必客氣。」

阿發答應了一聲，立時走到了沙發的後面，我在他的對面，坐了下來。

那人的臉色，十分蒼白，我望着他，他卻低着頭，一動也不動，我想了片刻，才道：「好了，朋友，事情已到了這地步，你該坦白和我談談了！」

那人仍然一動不動，一點反應也沒有。

我問道：「首先，你是什麼人，或者我應該問，你們是什麼人？」

那人這才略抬了抬頭：「我是什麼人，我們是什麼人，我絕不會說出來的。」

我冷笑着：「很好，不過你一定要說出來，對你們感到興趣的，絕不是我個人，警方也有極度的興趣，而且，將一連串的神秘事實公布出來之後，全世界都會有興趣！」

那人的身子，震動了一下，直直地望着我。

我的語氣變得委婉許多：「其實，直到現在為止，你們雖然曾幾次對我不利，但我並沒有受什麼損失，你們只是對付了自己人，如果不必驚動警方的話，對你有好處。」

那人並沒有對我的話，立時有什麼反應，他先轉頭，向阿發望了一眼。

我又道：「如果你肯將秘密告訴我，我可以先支走他，只有我和你。」

那人又呆了半晌，才點了點頭。

我立時道：「好了，阿發，沒有你的事了，你走吧，你可以穿走我的衣服。」

阿發大是高興，打開門，走了。

阿發走了之後，那人在沙發上欠了欠身子，我仍然十分小心，隨時隨地準備對付他有什麼異動，然而那個人只是欠了欠身子，又坐定了，隔了好一會，他才道：「好了，你想知道些什麼？」

我不禁躊躇了，我想知道些什麼？他顯然是準備回答我的問題了，然而，我問些什麼才好呢？我要問的問題，實在太多了！

自然，我應該選擇最主要的問題來問。

所以，我在略呆了一呆之後，才道：「你，你們，是不是地球人？」

那人陡地一呆，先是望住了我，像是根本不知道我那樣問是什麼意思，在那時，他的臉上，還現出了十分惶惑的神情來，可是接着，他就大笑了起來！

他笑了很久，接着便是一陣劇烈的嗆咳，然後才道：「你想到哪裏去了？你以為我是什麼人，是外太空的怪人？」

我冷冷地道：「有可能，因為你們的行動，有許多怪異不可思議之處。」

那人仍然坐着，我無法明白他為什麼在那樣的情形之下還要笑，因為我聽得出，他的笑聲，是強裝出來的，他是不是想以笑聲來掩飾什麼呢？他對我的問題，斷然否認，但這時候，他卻又笑得如此勉強，那究竟是為了什麼？

我又追問道：「別笑了，你對你們的怪誕行徑，可有什麼好的解釋？」

那人不再笑，他面上的肌肉，在不住的發着抖，那是無法克制的，這表示他的心中，不是極度緊張，就是極度驚恐。

他的聲音，聽來也很乾啞，他道：「我們是一個組織，其實，我們的組織，對你一點妨礙也沒有，你為什麼總是要和我們作對？」

我冷笑着：「誰和誰作對？誰撞向我的車子和我打架？」

那人吸了一口氣：「現在，我提議這件事就那樣結束，你將那兩個圓環，還給我，我提供一筆巨額的金錢，大到出乎你的意料之外……」

他講到這裏，略停了一停，聽得我沒有什麼反應，才又道：「譬如說，五百萬美金，或者更多。」

我諷刺地道：「出手真大方！」

那人道：「我們不在乎錢，我們有極多的錢！」

我又道：「你們在乎的是什麼？怕神秘身分暴露在世人之前？」

那人的臉色變得十分難看，他的聲音也變得尖鋭起來：「與我們作對，沒有好處！」

我攤了攤手：「利誘不中用，威嚇一樣也沒有用，我這個人有一點怪脾氣，就是好奇心強，你要我不再理會，唯一的條件，就是要讓我知道一切！」

那人以極度憤怒的神情望着我：「你想知道什麼，你想知道什麼？」

他重複着問，正表示他心中的憤慨，我立即道：「很簡單，你們是什麼組織，你們用什麼方法來消滅屍體，為什麼要消滅屍體，那女人最先和我約會，是為了什麼？為什麼你們人人身上，都有一個環，那種環，是開啟什麼用的，你全部要告訴我！」

那人的聲音更尖銳，他叫了起來：「不可能！」

我冷笑道：「好的，不可能，但是從你的身上，着手研究，只不過多花一點時間，我想我一定可以獲知結果的！」

我未曾想到，我的這幾句話，給那人帶來了那麼巨大的恐懼，他站了起來，身子在發抖，雙眼之中，充滿了恐懼的光芒，望定了我。

好一會，他才戰慄地道：「太過分了，你實在是太過分了！」

我不客氣地道：「或許是，但是你要知道，我已認定了你，和你的同伴，是地球的敵人，那就非逼得我如此做不可了！」

他一個轉身，向窗口撲去！

他的動作，也不算慢，但是在他離窗口還有兩呎時，我便伸手抓住了他的後領。

我一抓住了他的後領，將他直扯了回來，又將他重重地摔在沙發上，冷笑道：「你走不了，除非你變成了屍體，讓你的同伴，再使你的屍體，神秘消失，現在，你該逐一回答我的問題了。」

那人的臉色，一片慘白，他道：「我——我無權決定是否回答你的問題。」

我立即問道：「那麼，誰有權？」

那人道：「我要去問——一個人，他——是我們的首腦，他才有權。」

我點頭道：「好的，你打電話。」

那人望着我，乞憐也似地道：「電話打不到他那裏，我要去見他。」

我不禁笑了起來：「你想用這樣的方法脫身，難道當我是三歲的小孩子麼？」

那人怪叫了起來：「你可以和我一起去見他。」

我呆了一呆，那人叫我和他，一起會見他們的首領，這是一個使我極感興趣的提議，我正想去見見這批神秘人物的首領！

但是，我卻立即又想到，我和他們，正處在明顯的敵對地位，現在，單獨面對那人，佔着極度的優勢，但如果我跟他到達他們的總部，那我就變成處在劣勢之中，幾乎隨時可以發生危險！

然而，如果不答應那人，就沒有機會見到他們的首腦。

我猶豫着，一時之間，決不定是不是答應，好一會，我才道：「我可以和你一起去見他，但是我要知道，他在什麼地方。」

那人搖頭：「不，我不能告訴你，我只能帶你去，就算是帶你去，我也已經超出所能了！」

我道：「到了你們那裏，我有什麼保障？我看還是別再提這件事的好，我現在已捉到了你，可以在你的身上，弄明白事實的真相！」

那人聽得我這麼說法，他怪笑了起來：「你錯了，如果你再逼我，你得到的，只是一具屍體，而且，正如你剛才所說，我的同伴，有辦法可以令屍體消失。」

我狠狠地道：「你以為我會讓你自殺麼？」

那人的笑容顯得更淒慘，他道：「如果我要自殺，你絕對無法阻止我，你看……」

他講到這裏，張開口來，伸出了舌頭，我看到他的舌頭上，有着一粒米粒大小的、白色的東西，他伸出舌頭來之後，立即又縮了回去，繼續道：「我只要咬破這粒東西，就會死去，你什麼也得不到了！」

我不禁苦笑了起來，看來，我並不是佔着絕對的優勢，如果不是這傢伙怕死的話，他早已自殺了，我一樣什麼都得不到。

然而這樣一來，對方的身分，更使我懷疑了，他們究竟是什麼人？是一個龐大的間諜組織，還是一個罕見的犯罪集團？何以每一個人都隨時隨地，準備自殺？

我愈來愈覺得他們這些人神秘莫測，也愈來愈強烈地想知道他們的底細。

我望了那人好一會，才道：「好，我跟你去見你們的首腦，走！」

那人站了起來：「可是……可是……」

我怒道：「可是什麼！」

那人被我一喝，嚇了一跳，好一會講不出話來，但是他終於道：「我不能就這樣帶你去。」

我冷冷地道：「什麼意思？」

那人囁嚅地道：「首腦所住的地方，十分秘密，如果你能被我蒙起雙眼——」

他才講到這裏，我實在忍無可忍，這傢伙，竟然得寸進尺到這一地步，荒唐得要我蒙起雙眼來跟他走，他那一句話還未曾講完，我已然大喝一聲，一拳揮出，「砰」地一聲，擊在他的下顎上。

那傢伙被我一拳打得一個踉蹌，口角流下鮮血來，他駭然地望着我，我仍然向他揮着拳，怒喝道：「你要就帶我去，要就你咬破毒藥自殺好了，我不在乎，我既然能捉到你，也可以捉到你們其他的人。」

那人的身子，劇烈發起抖來，這至少使我看出了一點，他十分怕死。

我冷冷地望着他：「怎麼樣，決定了沒有？」

那傢伙苦笑着：「我可以帶你去，但是……那對你沒有好處，如果你知道了我們的秘密，對你實在沒有好處。」

我道：「要怎樣才算是有好處？」

那人道：「最好你什麼也不理，就像是根本沒有見過我，根本沒有任何事發生！」

我不禁大笑了起來：「你別打如意算盤了，走，帶我去！」

那人長嘆了一聲，臉上那種愁苦的神情，真是難以形容，但是我卻一點也不同情他，因為我覺得他，或者他們，有說不出的古怪。

我用力推了他一下，將他推得走向門口，然後，我又推他一下，將他推出門去，我則緊跟在他的後面。

在我們走出門口的時候，我還看到那橫巷中，聚集着不少人，在看熱鬧，我抓住了那人的手臂，道：「我來叫車子，我們首先該到什麼地方去？」

那人神色蒼白，顫聲道：「先到雲崗。」

我呆了一呆，雲崗是郊外的一處地方，很荒涼，平時沒有什麼人去，離市區也相當遠。這傢伙說出了這個地名來，是真的在那裏可以見到他的首腦呢？還是在拖延時間？正當我想到這一點時，橫巷之中，走出兩個警務人員來，其中一個，正是傑克。

傑克也看到了我，他揚手大叫道：「喂，我有話告訴你，你過來。」

我道：「我——」

我只不過轉過頭去，講了一個字，就給那人有了逃走的機會，那人用力一掙，掙脫了我的手，向前疾奔而出，我立時叫道：「捉住他！」

幾個警員一起奔了過去，我也立時撲了出去，可是那人迅速地奔向對面馬路，他奔得比一頭兔子還快，甚至翻過了正在路上行駛的一輛車子，滾跌在地上。

也就在那時，傑克也已奔到了我的身邊，我一面向前奔着，一面道：「捉住他，他是他們中的一個！」

這句話，在別人聽來，自然是莫名其妙，但是傑克卻明白。

是以我們也迅速地穿過了馬路，我們是眼看着他奔進一條巷子去的，可是當我們奔進那巷子時，那人卻已經不見了。

大批警員也奔了過來，傑克忙下令搜索。

當大批警員在每一層樓宇都展開搜索之際，我將如何捉到那人的情形，向傑克約略講了一遍。

可是嚴密的搜索，卻找不到那人，就像幾次封鎖整個區域，找不到那輛大卡車一樣！

傑克暴跳如雷，我則在想着，現在，我只有一條線索了，就是自那傢伙口中說出來的一個地名：雲崗！

傑克氣呼呼地道：「你到哪裏去？」

我道：「我有點私人事要辦。」

傑克並沒有再向我追問是什麼事，那也是在我意料之中的事情，因為以他這時的心情而言，他不會再過問其他事情。

我先回到了家中，進行了一番化裝，又換上了一套殘舊的衣服，從後門離家。

我自己的車子被撞壞了，我只好利用公共交通車輛，我轉了兩趟車，才登上了往郊外去的公共汽車。

那一路線的公共汽車，在過了幾個較多人居住的地方之後，車中除了我之外，只有另一個搭客，我望着窗外，通向雲崗的那條公路上，只可以容一輛車經過，如果迎面有車來，必須有一輛車子，退回到避車處去，所以行進得特別慢。

我打量着和我同車的那個搭客，他看來像是一個鄉下人，我打量了他一會之後，便不再注意他，我曾經到過雲崗一次，那是一個小村子，有幾個農場，好像還有一家養蜂園，除此之外，我想不起什麼了。

在我思索間，公共汽車已到了終點，當然並不是到了雲崗，我必須在一條小路上再行走半里左右，才能到達。我下了車，找到了那條小路，向前走着。

第五部

奇怪的屋子

那條小路十分靜僻，除了路邊有幾頭狗，懶洋洋地躺着之外，一個人也沒有，是以我可以十分容易，便感到我的背後有一個人跟着，而且，我也知道那是什麼人，那就是和我同車的搭客。

我在考慮了一下子之後，便故意放慢了腳步，等到那人追上我的時候，我轉過頭去：「請問，到雲崗去，是走哪條路？」

那人點了點頭，以十分好奇的目光望着我，然後才道：「你是陌生人，到那種小地方去作什麼？」

我苦笑着，攤了攤手：「沒有辦法了，我有一個遠房親戚，開了一個農場，我想去找點事情做，能混三餐一宿，心就足了！」

那人道：「貴親是什麼農場？」

我略呆了一呆，我只記得雲崗有幾個農場，都是規模小而設備簡陋的，至於那些農場，叫什麼名字，我可完全說不上來。

我只好含糊地道：「我也說不上來了，好像是叫什麼記的。」

那人道：「漢記，還是興記？」

我順口道：「對了，好像是興記。」

那人「唔」地一聲，點了點頭，不再出聲，我和他並肩向前走着，等到前面已漸漸可以看到幾間屋子時，他指着一條小路：「我是寶記蜂園的，有空來坐！」

我和他分了手，眼看着他走向那條小路去，不一會，他就轉了一個彎，一叢竹子，遮住了我的視線，我再也看不見他了。

我繼續向前走着，來到了那幾間屋子之前，有七八個村童正在屋前的空地玩耍。

這種偏僻的地方，一定很少陌生人來，是以當我出現的時候，那些村童，都停止了遊戲，望定了我。

這幾間屋子之中，決不會有我所要尋訪的目標在，所以我又繼續向前走去。小路愈來愈窄，我經過了幾個農場，其中果然有漢記農場和興記農場，我也沒有進去。再向前走，小路斜向下，通到海邊。

當我來到海邊時，我突然看到，在一個空地上，有一幢洋房。

那幢洋房的樣子，也很普通，是常見的郊外別墅那一種，可是它建在如此偏僻的地方，卻不免給人以突兀之感，我望了好許，決定前去察看一下。

然而，在海灘上看來，像是根本沒有路可以通向前去，我看到海灘上有幾個孩子在拾貝殼，我向他們走過去，問道：「我要到那房子去，該走哪條路？」

一個女孩子抬起頭來，望着那房子：「這裏沒有路可通的。」

我笑道：「那麼，難道這房子中的人，不要進出的麼？」

那女孩子天真地笑了起來，另一個較大的孩子道：「穿過寶記養蜂園，有一條大路，是通到那房子去的，你走錯路了。」

我忙道：「謝謝，我認識寶記養蜂園。」

我轉身走回頭路，又經過了那幾家農場和那幾間房子，來到了小路口。

我向小路走去，一路上很靜，我轉了幾個彎，在那條不到兩呎寬的小路兩旁，全是一叢叢的竹子，竹枝伸出來，是以我要不斷撥開竹枝，才能繼續向前走去，竹葉在被我撥動之際，發出「刷刷」的聲響來，情調倒真是不錯，可惜我沒有心情去欣賞。

走了不多遠，我就看到了寶記蜂園。所謂蜂園，只不過是幾間房子和空地，空地上，整齊地排列着一行行的蜂箱，門掩着，我來到了門口，推開門走進去，那時，我已可以從另一個角度看到那幢房子了。

我看到的是那幢房子的正面，的確有一條路，可以通過房子去，那條路的起點，好像是在海灘邊，和任何公路，沒有聯繫。這真是一件怪事情。

我走進了養蜂園，除了蜜蜂的「嗡嗡」聲之外，我聽不到別的聲音。

我向前走着，要穿過養蜂園，必須經過那幾間房子，就在我經過那幾間屋子時，聽得「吱呀」一聲，有人推開了門，一個人探出頭來。

那人正是曾和我同路的那個，他望着我：「你沒有找到親戚？」

我只好道：「是的，他出市區去了，沒有回來，所以我隨便走走。」

那人「哦」地一聲：「進來坐坐。」

這家蜂園已有很多年了，看來那人在這裏，也住了很久，我也不妨先向他了解那屋子的情形，是以我點頭，講着客氣話，走了進去。

屋中瀰漫着一股蜜糖的氣味，有兩架蜂蜜攪拌機，看來在我經過的時候，那人正在工作，因為有一架攪拌機中，還在滴着蜜糖。

我坐了下來，隨便談了一會，便道：「我上次來的時候，好像未曾看到有一幢洋房！」

那人道：「是的，去年才起的。」

我道：「什麼人住在裏面？有錢人也喜歡住那樣的地方，真古怪！」

那人點頭道：「不錯，真古怪，這幢房子中住的是什麼人，我們也不知道，但時時有人進出，而且屋主人還有大遊艇，看來很有錢。」

我又道：「沒有人接近過那屋子？」

那人搖頭道：「誰敢去？他們養着好多條狼狗，人還未走近，狗就叫了起來，就好像我們一走近，就是去偷東西，有錢人就是那樣！」

我笑道：「我倒不怕狗，反正我沒有事情，或許他們要請花匠，我也可以替他們帶狗！」

那人有點不以為然，可是他卻也只淡淡地道：「你不妨去試試運氣。」

我站了起來，心中實在很高興，因為從那人的口中，我已經可以肯定，這幢房子，真的古怪了，毫無疑問，它一定可以滿足我的好奇心，更有可能，那房子就是這批人的總部。

我又坐了一會，和那人道別，穿過了蜂園，越過了一片滿是荒草的田野，到了那條路上。

站在那條由海邊直通那幢房子的路上，更覺得那幢房子，怪不可言。

那條路斜斜伸向上，看來很有氣派，在接近海邊的路口，有一個水泥的碼頭，那是一條不和其他任何路連接的死路，除了供碼頭上的人，直通那屋子之外，沒有任何別的用處。

我在路邊向上走着，路的傾斜度相當高，是以我必須彎着身子向上走，在那樣的一條路上，自然不會有什麼別的人的。

當我來到了離那幢房子，約莫有一百五十碼左右之際，我就聽到了犬吠聲，同時看到，在屋子的大鐵門內，有十七八頭狼狗，一起撲了出來，大多數狼狗都似人立着，前爪按在鐵門上，狂吠着。

那一陣犬吠聲，聽來着實驚心動魄。

我呆了一會，繼續向前走去，愈向前走，犬吠聲愈是急，可是始終不見有人走出來，我一直來到了離那鐵門只有三五碼處才站住。

那些狼狗的神態更獰惡了，露着白森森的牙齒，狂吠着，如果不是我和牠們之間，有一道門，牠們一定衝出來，將我撕碎。

然而，就算有一道門隔着，我心頭也泛起了一股怯意，不敢再向前走去。

可是，儘管狼狗吠得驚天動地，那屋子中，卻不見有人走出來看視。在狼狗的口中，自然得不到什麼消息，我又只好再向前走去。

當我來到了離鐵門更近的時候，門內的那些狼狗，簡直每一頭都像是瘋了一樣，有幾頭狼狗，拚命想將牠們的身子自鐵欄中擠出來，另外有幾頭，則不斷向上撲着，想跳出鐵門來。

看牠們的情形，真不像是一群狗，而十足是一群餓狼。我吸了一口氣，大聲叫道：「有人麼？」

我已經盡我所能大聲叫嚷的了，但是我的叫喊聲，完全湮沒在犬吠聲中。

我再次大聲叫喊，但是仍然沒有人來。

這時，我看到有一頭狼狗，幾乎已可以攀出鐵門來了，我連忙後退，那頭狼狗，站起來足比我人還高，就算只有一頭，我要對付牠，也不是易事。

我退出了十來碼，離開了那條路，踏上了山坡，然後轉到了圍牆旁邊，我轉到了圍牆旁，那一群狼狗，也離開了鐵門，而轉到了牆內狂吠着。

我故意沿着牆，奔來奔去，那一群狗，也隨着我在牆內來回奔着、吠着。

我在想，如果在這樣的情形下，那屋子中仍然沒有人出來的話，那麼這屋子中一定沒有人，而如果屋子中沒有人的話，那麼我自然要另作打算了。

我來回奔了十幾分鐘，又回到了鐵門口，那一群狼狗，又追了過來，這時，我看到自那屋子中，有兩個人，走了出來。

那屋子的花園相當大，當那兩人才從屋中走出來的時候，我還看不清他們的臉面，但是從他們走路的神態來看，那兩人一定十分惱怒。

那兩人一走出來，那群狼狗便往回奔了回去，那兩個人來到了鐵門前，果然，他們神情憤怒，一看到了我，就大聲喝道：「你在幹什麼？」

我的心中暗暗好笑，我那樣做，實在太惡作劇了一些，但是除此之外，我也沒有辦法可以引得那屋子中人走出來。

這時，對方雖然惱怒，然而我卻笑臉相迎：「對不起，驚吵了兩位，你們是不是想請一個花匠，或是什麼雜工？」

那兩個人齊聲怒喝：「滾，滾開！」

我瞪大了眼睛，故意道：「你們是哪裏來的人？講的是什麼話？人只會走，誰會滾？」

那兩個人中的一個指着我：「你走不走？你要是不走，我開門放狗追你！」

我忙搖着手：「走，我走，對不起，不過隨便來問一問，請別生氣！」

看那兩個傢伙兇神惡煞的情形，他們真可能放狗出來追我，我一面說，一面向後退去，然後，轉身向前疾走，一下子就奔進了蜂園。

我喘着氣走進蜂園，那和我傾談過一會的人迎了上來：「怎麼樣？我聽到犬吠聲，我早就勸你不要去！」

我苦笑道：「你說得對，我看到了屋中兩個人，唉，這兩個人，比狗還兇。」

那人聽我講得有趣，大笑了起來，我趁機告辭，一小時後，我已經回到了市區，我在被那兩人嚇走的時候，已經打定了主意，晚上再來。

我可以肯定，那屋子一定有古怪，而且十之八九，它就是我要追查的目標。我在日間，毫無準備，晚上來的時候，我就可以有足夠的辦法對付那群狼狗了，當我回到家中之後，我足足忙了好一陣子。

有一種噴霧，噴在人的身上之後，可以令人的氣味暫時消失，就算靈敏如獵狗的鼻子，也嗅不出來，我帶了五罐那樣的噴霧，以及一套爬牆的器具，和一柄可以發射強烈麻醉劑的小槍，那種槍，射出的是如同注射器的不鏽鋼筒，能將強烈麻醉劑，迅速注入被射中的目標之內。本來，我是很少用到這種東西，但是我想到那群狼狗，不得不小心一些。

我還帶了一具小小的紅外線攝影機，以便在看到什麼古怪的事情時，可以拍下來。我又帶了一副紅外線眼鏡，可以使我在暗中看到事物。

當我準備好一切的時候，只怕第一流的國際特務，配備也不過如此。

等到天黑，我才動身，仍然搭車進入郊區，然後，在小路中走着，黑夜走在小路上，分外有一種神秘之感，一路上惹起了不少犬吠聲，到了一個曠地，停下來，取出那種噴霧，從頭到腳，使勁地噴着，直到噴完了三罐才停手，當我再向前走去時，我已經惹不起犬吠聲了。

我來到了蜂園門口，翻過了那一重籬笆，並沒有驚動什麼人，輕而易舉地穿出了蜂園，不一會，我已經踏上了那條路了。

我抬頭向上看去，那房子的花園中一片黑暗，房子的上下，有燈光透出來，從燈光的透露程度來看，這屋子幾乎每一個窗口，都有厚厚的窗簾。

我心情十分緊張，雖然我已使狗聞不出陌生人的氣味來，但是狼狗的感覺極其敏銳，只要有一點點聲響，就可以發覺有異了。

我放慢腳步，向前走去，等到來到了離鐵門還有十來碼的時候，我就聽到門內有一陣狼狗的不安聲，傳了出來，但是狼狗還沒有吠，這顯然是那種噴霧的作用了。

我將腳步放得更慢，又走近了幾步之後，我仍然用日間的路線，上了山坡，到了圍牆之旁，我細心傾聽着牆內的動靜，聽到狼狗在不斷走來走去的聲音。

我沿着牆向前走，一直來到了屋子的後面，在牆內的狼狗，似乎並沒有跟着我一起來。

我又停了片刻，才取出那套爬牆的用具來，那套用具的體積並不大，但是一拉開來，卻是一具長十二呎，可以負重一百六十磅的梯子。

我將梯子頂端的鈎，鈎在牆頭，一步一步，小心爬了上去，爬到了一半之際，停了一停，戴起了紅外線的眼鏡，不一會，我的頭部已探出牆頭了。

我可以看到，屋後是老大的一片空地，全是水泥地，幾乎什麼也沒有，就是一幅空地。

在那幅空地上，散散落落，伏着四五頭狼狗。

我取出了那柄小槍來，我要翻進圍牆，必須要先對付那幾頭狼狗，我連連扳動着槍機，那五頭狗在中槍之後，都挺着身企圖站起來，但是都站到一半，就倒了下去。

趁還沒有其他的狗來到屋後時，我立時翻過了身，落了地，迅速地奔到了後門，背靠門站着。

屋中並沒有聲響，但是自門縫中卻有燈光透出來，這不禁使我躊躇，那麼大陣仗來到了這裏，我自然想進屋去看看，然而屋中有燈光，我如何可以偷得進去？

我等了片刻，輕輕地旋轉着門柄，發出了極其輕微的「咔」地一聲，門竟沒有鎖着。

我用極慢的動作，將門拉開了一道縫來，將眼鏡架到了額上，向內看去，看到了裏面的情形之後，我簡直不能相信自己的眼睛。

通常的屋子，這樣的後門，門內多半是廚房，或是僕人休息工作的地方，可是這時，我看進去，卻看到那是一間很大的房間，那房間內，一無所有，除了白的牆之外，什麼也沒有！

正因為四壁上下，全是白色，是以光線看來，也特別明亮。

在那樣的情形下，我如果走進這間房間，簡直就和赤裸身子在鬧市行走一樣，毫無隱蔽的餘地！

我呆了片刻，決不定怎麼辦，就在這時，我聽得「拍」地一聲響，裏面的一道門打開，一個人自那道門中走了出來。

我只將門推開了一道縫，僅僅可以看到裏面的情形，除非那人走近門來察看，否則他是不容易發現有人在門外，而如果我將門關上的話，反倒會引起那人的注意了。

從裏面門中走出來的，是一個相貌很英俊的年輕人，那時，我不禁在想，一個人到一間空無所有的房間來，有什麼事可做呢？這實在是一個很有趣的問題。

而我心中的疑問，立時有了答案，我看到那年輕人，來到了左首的牆前，那牆上全砌着白色的方瓷磚，光淨潔白，一點塵埃也沒有。

那年輕人來到了牆前，伸手在瓷磚上撫摸着，當他的手停下來時，有一塊瓷磚，彈了開來。

看到這裏，我已經驚訝得張開了口，合不攏來，可是接下來發生的事，更使我瞠目結舌！

那年輕人伸手在領際，摸索了一陣，取出了一隻圓形的環來。

那種圓環！

我已是第三次看到那種圓環了，而現在，在我的身上，也正有着一枚這樣的圓環。

我看到那年輕人將那圓環，湊近牆上，因為那塊彈開來的瓷磚遮着，是以我看不清他在做什麼。

但是我立時想起了研究室主任的話來，他說，這圓環是一種高度精密的磁性鑰匙，那麼，可想而知，在那瓷磚之後，一定有一個孔，那年輕人正在用這個圓環，在開啟什麼了。

我屏住了氣息，只見那年輕人已縮回手來，牆上有三呎寬，七呎高的一部分，向後退了開去，移開了兩呎，那年輕人閃身走了進去，牆又立即退回到原來的地方，那道暗門極其巧妙，在合上了之後，一點痕迹也看不出來。

我緩緩吁了一口氣，我應該怎麼辦呢？我的確已找到了我要找的目的地，但是現在，我該怎麼辦呢？

最妥當的辦法，自然是立即退回去，和傑克帶着大批警員前來。

但是這要耽擱很多時間，而我已經急不及待，我推開了門，閃身走了進去。

我早已知道，我走進那房間去，絕不安全，但是我卻想不到，我的情形，竟會如此尷尬，我才一走進去，裏面的那道門，也恰在其時打開。

那道門一打開，一個人走了出來，恰好和我打了一個照面。

任何人都可以想像那時候的情景。

在一間空無所有，但是光線強烈的房間之中，我是偷進來的，而我才一偷進來，迎面就遇上了屋中的人，我根本無法作任何的掩飾！

由於事情來得太突然，我呆呆地站着，不知怎麼才好。

自然，我呆立的時間很短，只不過是幾秒鐘，在那幾秒鐘之內，肌肉僵硬，想着應付的辦法。

在我還沒有想出任何辦法之前，那人已然有了反應。在那樣空無一有的房間中，我看到了那人，那人自然也看到了我，他先是現出極其驚訝的神情，然後，他問道：「你是新來的？」我沒有別的選擇，他這樣問我，我只好順着他的問題來回答。但是那一剎間，我緊張得難以發得出聲音來，是以只好點了點頭。

出乎我的意料之外，我只不過點了點頭，那人竟已經滿意了，他不再問我，逕自向那幅牆走去。

那時候，我已然有很好的機會，可以退出門去，但是我卻不想走了，因為那人既然對我沒有什麼疑心，那麼我大可以留在這裏，看着他做什麼。這個念頭，是突如其來的，當時我決定那樣做，只不過是由於當時的情形自然而然促成的，我根本沒有機會去深思熟慮，也想不到這樣一來，會有什麼後果。

說我這個念頭是「一念之差」也好，是「一念之得」也好，總之，當時如果我趁機退出門去，那麼，以後的一切全都不同，但是，我卻決定留在房間中，看那人做什麼。

我看到那人來到了牆前，和剛才的那個年輕人一樣，他弄開了一塊磁磚。

正如我所料，在那瓷磚的後面，是一塊平整的不鏽鋼板，那不鏽鋼板上，有一道縫，而那人，已經從衣領之中，取出了那個「環」來。

當他取出「環」來之後，他回過頭來，望着我：「你還在等什麼？」

我不知道他那樣說，是什麼意思，但是在如今這樣的情形下，我不能呆立不動，是以我只好隨機應變，我向前走去，一面也取出那隻「環」來。

我可以肯定，他們每一個人，都有一個這樣的環，那人既然認為我是他們的自己人，那麼，我拿出環來，就可以更堅定他的信心。

果然，那人看到我拿出了環來，他臉上僅有的一分懷疑神情也消失了，他向我笑了一笑：「你先請！」

這又令我呆了一呆，他竟然和我客氣起來，他叫我先，先什麼呢？是先打開那暗門走進去麼？我曾目擊過一個人，用「環」塞入縫中，牆上就有一道暗門打了開來，那人這時，一定是這個意思。

然而，那卻又是很令人疑惑的，這個人為什麼不將暗門打開了，再邀我一起進去呢？

在那樣的情形下，我實在是無法多考慮的，我只好向前走去，同時道：「你先來吧。」

那人搖頭道：「不，我才到不久，並不急於回去，還是你先吧！」

我聽得那人這樣說，不禁吃了一驚，「回去」？那是什麼意思？打開了這道門之後，我會回到何處去？

我心中吃驚，卻保持動作自然，硬着頭皮，將那個「環」，向牆上鑲着的那塊不鏽鋼板的縫中插去。

在我那樣做的時候，我的手在不由自主發着抖。

我已經可以知道，「環」是磁性鑰匙，也知道磁性鑰匙可以打開一道暗門。

那人的這句話，令我顫慄，那人暗示着，如果走進那道暗門，就可以「回」到一個地方去。

那地方，自然是他們來的地方！

我盡量想弄清楚這一點，是以我也盡可能拖延時間，我轉過頭來：「我們可以一起去！」

那人皺着眉頭，像是不明白我在說些什麼。

我知道我說錯話了，他們大概從來都是一個一個地「回去」，而沒有兩個人一起「回去」的事，我不知道該如何更正才好。

我只好勉強地笑了笑：「我是在說笑，希望你別怪我！」

那人也笑了笑——笑得比我更勉強，他道：「嗯，是說笑，我不怪你。」

我立時轉過身去，知道如果再沒有合理動作，來表示是「自己人」的話，那麼，一定會招致那人的疑心，所以，我將那環，放進了縫中。

在一下輕微的聲響之後，暗門打了開來，我跨了進去，當暗門打開之際，裏面漆黑，我只覺得奇怪得很，奇怪何以外面房間中的光線，不能射到暗門之中，看那情形，好像暗門雖然打開，但是仍然有什麼，阻隔着光線的通過。

但是，當我向暗門中跨進去的時候，卻又分明一點阻隔也沒有。

我只好存着走一步看一步的心理，反正面前是極度的漆黑，那也有助於掩飾，進了暗門之後，便連跨了兩步。

而暗門在我的身後合上，我聽到了那一下輕微的聲響，眼前實在太黑了，我剛想取出紅外線眼鏡時，突然身子向下沉去。

我或者應該解釋一下，並不是我的身子向下跌去，只是我站立的地板，向下沉去。

當人在乘搭快速升降機之際，突然下沉，會使人的心頭，產生一種極不舒服的、空蕩蕩的感覺，而那時，我踏着的那塊地板，向下沉的速度之快，是以不舒服程度，也是難以形容，超過了我所能忍受的限度，我覺得心臟像是要從口中跌出來，雙手舞動着，想抓到一些什麼，但是卻什麼也抓不到。

幸而，只不過繼續了半分鐘左右，下沉停止，我喘一口氣，眼前仍然是一片黑暗，沒有聲音，沒有光亮，一切全是靜止的，死的，我幾乎以為我已經死了！

但是我可以肯定自己沒有死，因為我聽到身體中發出的各種聲響，肚中發出如同一堆舊機器發出的撞擊聲，心跳聲簡直像鼓響，呼吸聲像是有幾隻風箱一起在扯動。

以前，我曾經有機會，參觀過一個音響實驗室，那個實驗室中，有一間「靜室」，在那靜室之中，隔絕聲音，已到了百分之九十九點九九的程度。

我到過的那「靜室」，科學家聲稱，沒有人可以在那間「靜室」中忍受一小時以上。

然而現在，我所在的地方，卻比「靜室」更靜，它一定是百分之一百沒有外來的聲音，因為我這時的感覺，比在那間「靜室」中更甚。

第六部

在「子彈」中到了陌生地方

我吹了一口氣，聽到的則是一下如同裂帛似的聲音，我的心因為緊張而跳得劇烈，那一陣「咚咚」聲，更使人受不了。

我的手臂作了一下最輕微的移動，骨節所發出的聲響，和衣服的摩擦聲，就嚇了我一大跳，令我一動也不敢再動。

但是我必須要知道我是在什麼地方，我一定要取出小電筒來。

我咬着牙，在一陣可怖的聲響之後，我終於取出小電筒，着亮小電筒時所發出的聲響，更是接近可怖的程度，但總算好，我有了光亮。

在漆黑之中，有了光亮，即使光亮微弱，也可以看清眼前的情形。

我在一間狹長形的小房間中。

那真是形狀古怪的房間，只有三呎寬，我如果張開雙臂來，可以觸到它的雙壁，但是它卻有十二呎長。

那樣子，像是一顆子彈，而我這時，被困在子彈的內部，這時，我忽然興起了一種十分滑稽的感覺，我覺得我好像是一部卡通片中的主角。

人的感覺是很奇怪的，尤其是那種突如其來的感覺，幾乎無法找出合理的理由來解釋。

我當時的情形，就是那樣，我處在一個狹長的空間之中。

我可以想像我是在船艙中，那才是正常的想法，可是我想到的，卻是我在一顆子彈中。

在一顆子彈中，這是一種極其奇怪的想法，可是我當時的確是如此想，而為什麼我會如此想，卻連我自己，也說不上來。

我熄了小電筒，因為我發現這顆「大子彈」根本沒有出口，我被困在裏面，無法知道什麼時候出得去，所以必須保留小電筒中的電源，以備在必要時可以派用處。

我坐了下來，深深地吸了一口氣，當我吸了一口氣之後，我才發覺，我雖然是被困在一個狹小的空間之中，但是，我卻絲毫也沒有窒息的感覺，呼吸很暢順。

我坐了下來之後，又移動了一下身子，靠在壁上，那時候，我的心中，實在亂到了極點，因為我完全無法想像發生在我身上的究竟是怎麼一回事。

唯一可以供我思索的線索，是還在那間房間中的時候，那個人所講的一句話。

那個人說他「並不急於回去」，而讓我先走的，我還想邀他同行，那人卻現出了古怪的神情來。

照那一句話推測，我是在「歸途」之中了。

如果我是在「歸途」中，那麼，這時，我應該是在一個交通工具之內，可是，我卻無法覺出任何的移動，一切全是靜止的，尤其是那種駭人的寂靜，靜得我幾乎可以聽得到自己體內細胞和細胞摩擦的聲音。

接着，我突然感到了昏昏欲睡。照說，在那樣的情形下，我決不可能有睡意。

但是我的確有了睡意，我變得極其疲倦，連連地打着哈欠。

我竭力想和睡魔相抗，掙扎着站起來，可是卻軟弱得一點力氣也沒有，我知道事情有點不妙了，我決不想在這樣的情形下睡着，可是倦意愈來愈甚，我終於又坐了下來，而且，立時睡着，睡得十分之酣，什麼也不想。

在我睡過去之前的那一剎間，還來得及想到最後一個問題，我並不是睡過去，我是受了不知什麼藥物的麻醉，昏過去的。

我不知道我「睡」了多久，而我的「醒」來，也是突如其來的。

陡然有了知覺，像是離我「睡」過去的時候，只隔了一秒鐘。

睜開眼來之後，仍然一片黑暗，耳際也仍然是無比的靜寂。

就在我想再度取出小電筒來照看一下我所處的環境是不是有什麼變化之際，我聽到了聲音。

那是一種極輕、極低微的聲響，我真不知道在那樣絕對的寂靜之下，有什麼辦法可以將聲音控制得如此之低，傳入我耳中的聲響，亦漸漸變大，那是一種很悅耳的音樂，聽了令人精神振奮。

我敏感地想到，如果我是在一個「旅程」中的話，那麼，我可能快到目的地了，而這種悅耳的聲音，可能是對絕對寂靜的一種調節，使我到達另一個充滿聲音的環境時，在官能上能夠適應。

我想到了這一點，站了起來。

我剛一站起，就感到一陣猛烈的震盪，我跌倒，跌倒之後，又連滾了幾下，才勉強站了起來。

那時，震盪已經停止了。

音樂愈來愈響，而且，漸漸亮起了光，光線也是由暗而強烈，終於，到達正常的光亮程度，我定了定神，忽然，「子彈」的前端，裂了開來，一道梯子伸了進來。

當「子彈」裂開之際，我聽到了大量的噪音，那些噪音一下子湧了進來，我敢斷定，如果不是事先有那種音樂的話，一定會神經錯亂！

在不到一秒鐘的時間內，我就立即聽出，那些噪音，並不是什麼特別古怪的聲音，那都是我十分熟悉的一些聲音，它包括了許多人鬧哄哄的講話聲、車聲、機器聲、敲擊聲。

那是任何一個大城市中都有的聲音，說得確切一些，是任何大城市中，機場或火車站中的聲音。

在「子彈」的前端，既然有一把梯子伸了進來，我似乎也不必多作考慮，我立時走向前，踏上了梯子，向外走去。

當我走出那「子彈」時，我看到了一座十分宏偉、巨大的建築物，那建築物有一個圓形的、極大的、半透明的穹頂。

我從來未曾見過那麼美麗的建築物，我的心情，本來很緊張，這時也鬆馳下來。我不知道到了什麼地方，但是不論在什麼地方，只要這地方的人，可以建造出那樣美麗的建築物來，那麼，就大有理由可以相信會受到文明的待遇。

在看到那美麗的大穹頂的同時，也看到了在那建築物中，熙來攘往的人。

我的估計不錯，是在一個機場之中，那些人，男女老幼，衣著都很好看，我走完了最後一節梯子，在梯子兩旁站着的美麗的藍衣女郎，向我點頭微笑，說了一句我所聽不懂的話。

我不知她們在說些什麼，所以也只好報以微笑，然後，我怕她們再對我說話，所以急急向前走出了幾步，完全沒有人理會我。

我回頭看去，想看看那「大子彈」究竟是什麼模樣的，然而我卻看不到，我只能看到一個圓錐形，真的像子彈頭一樣的東西，那東西正嵌在一塊巨大的金屬板的圓孔之後，就在我回頭觀看的一剎間，一陣噪音（就像是噴射機起飛時的聲音），那圓錐形物體，開始緩緩後退，一塊活板移過，遮住了那個圓孔。

我也發覺了站在那建築物中，完全自由，因為根本沒有人理我，人們在我身邊走來走去，我已經觀察到，這個龐大的建築物，有好幾個出口。

我聽到許多人在講話，擴音器中，也不斷有聲音，傳了出來。

那種語言，我從來也未曾聽到過，我不但無法聽懂他們之間所說的一個字，而且，根本無從判斷他們所說的話，在語言學上，究竟屬於哪一類。

我還看到很多類似文字的標誌，那些文字的結構，又簡潔，又美麗，但同樣地，也一個字都認不出來。

我竟然完全自由，完全沒有人來理會我，這真的出乎意料之外。

忽然之間來到一個陌生的地方，從那海邊的屋子到這裏，一定有一段相當遠的距離，我無法知道這個距離是多遠，一切實在太神奇了。

我呆立了好一會，才慢慢地向外走去，我強烈感覺到，我已經不在地球上了，雖然除了我所不懂的文字和語言之外，找不出任何與地球上截然不同的地方來。

如果說我這時的心情，是從地球到了另一個星球，那還不如說我好像是一個鄉下人，突然到了異國的大都市之中，更來得確切一些。

我所看到的人，都顯得很和氣，每一個人的臉上神情，都是開朗的，就算他不是在微笑，也給人以一種十分舒服、祥和的感覺。

那種如同噴射機開動的噪音不斷傳來，我已看到好幾次，那巨大的金屬板後，鑽出一個圓錐體來，圓錐體裂開，一把梯子移過去，有人從圓錐體中，向外走出來。

當我呆立了約莫十分鐘之後，陡然之間，心中生出了一股寒意。

我所見到的人，全和我日常所見的人，沒有不同，然而，這絕不能證明我不是在另一個星球上，「他們」和地球人毫無分別！

正當我想到這一點的時候，又有一個大的圓錐體，出現在金屬板之後，而且，裂了開來，一個人，自裏面走出來，踏下了梯子。

這樣的情形，我已經看到過好幾次了，本來，引不起我的好奇，可是，這一次情形卻不同，我認識那走出來的人。

我自然還不知道他是什麼人，但我見過他，他就是和我在那房間中，讓我「先回去」的那個，現在，他自然也是「回來」了！

看到了那個人，我真不知道是驚還是喜，處在一個完全陌生的環境之中，有一個熟人，總是好的，可是如果被他發現我不是他們自己人，而是一個冒充的，那豈不糟糕？

就在我猶豫不決，決不定是和那人避不見面還是和他相見之際，那人已看到了我，他向我招手，大聲說了一句話，那句話也是我聽不懂的。

我不知該如何回答才好，那人已來到我的身前，拍着我的肩頭，繼續又和我講了兩句話，我完全變得像啞子一樣，不但無法回答，而且簡直無法開口。

那人用一種奇怪的神情望着我，繼續又說了兩句，看他的樣子，分明是在等我的回答。

在那樣的情形下，我實在不能不開口了，我只好含糊地道：「對不起……」

我才講了三個字，那人的神色便變了一變，接着，又聲色俱厲地講了一句話。

糟糕的是，我不知道什麼地方得罪了他，而我又仍然聽不懂他的話。

我沒有別的辦法可想，只好轉身便走，但是才走了一步，那人便大踏步走了過來，攔在我的面前，他用一種十分嚴厲的眼光望着我。

我心頭「怦怦」亂跳，他將一隻手放在我的肩上，神色更加嚴厲。

我在想着脫身的方法，我可以輕而易舉地將他擊倒，但是擊倒之後又怎樣呢？

正當我在想不顧一切，出拳將那人擊倒時再說，那人已經用很低的聲音道：「千萬別動手打人，也別出聲，跟我來。」

我也低聲問道：「這……這裏是什麼地方？」

那人道：「別出聲，跟我來。」

那人的聲音十分誠懇，我可以聽出他沒有加害我的意思，我可以放心跟他前去嗎？我的心中想着，而我立即有了決定，我可以跟他去！

而且，事實上，我突然之間，來到了這個地方，如果不遇到那個人，在這大建築物中，不知要發呆到什麼時候，而且，就算當我有勇氣離開這個建築物時，我也全然不知該到何處去。

所以，我決定跟那人走，而那人在一說完這句話之後，立時轉身向外，走了出去，我緊緊地跟在他的後面，從一扇旋轉的玻璃門中，走了出去，一出了玻璃門，就是一個廣場，和一條十分寬闊，可以容十輛車子同時行進的馬路，那廣場中有一個大石碑，建造得很壯觀，在石碑的附近，環繞着廣場的，則是許多被種植成大圖案形的鮮花，一看到了那些花，我心情又為之一鬆。

那倒並不是因為爭妍鬥麗的鮮花，本來就有使人心曠神怡的作用，而是我一眼看去，完全可以叫得出這些鮮花的名目來。

那邊，一大簇是紫羅蘭，在一旁，是幾列混色鬱金香，還有大叢的，顏色黃得奪目的菊花，以及各種品種的蘭花和芍藥花。

抬頭看去，天色晴朗，蔚藍色的天空，令人心胸舒暢，雖然我毫無疑問是在一個大城市中，但是空氣之清新，最好的法國鄉村，也不過如此。

我看到很多汽車在道上疾馳，但是卻一點噪音也沒有，每一輛汽車發出的，都只是一種輕微的、悅耳的「滋滋」聲。

我究竟是在什麼地方呢？我心中一再想着，什麼地方有這樣神話也似的美麗和寧靜？

我看到那人在招手，一輛銀灰色的車子，在我們面前，停了下來。

聽到那汽車所發出的這種悅耳的聲音，我忍不住問道：「這是電動汽車？」

這實在是一個很普通的問題，可是它引起的反應，卻使我愕然，只見那人倏地轉過頭來，壓低了聲音，狠狠地申斥我，道：「閉嘴！」

我呆了一呆，一時之間，實在不知道該如何才好，那人的神色稍為緩和了一些，他的聲音壓得更低：「記着，除非只有我和你，否則千萬別開口！」

我不知道為什麼那人要這樣囑咐我，可是看到他的神情如此緊張，我也只好點了點頭。

那人吸了一口氣，打開了車門，讓我先進去，他接着坐在我的身邊。

這輛車子由一個穿制服的司機駕駛，看來像是一輛計程車，他對那司機講了一句我聽不懂的話，那司機便駕着車，向前駛去。

坐在那輛車子之中，真是舒服極了，我從來也未曾在一輛車子中獲得過如此美妙的享受，車子像是在向前滑過去一樣，但是它的速度卻十分高。

在駛過了那個廣場之後，我看到了一幢又一幢高大壯觀的建築物，那是一個十足現代化的大城市，如果說，在地球的某一個角落，有着那麼美麗的一個大城市，而不為人所知的話，那簡直是不可能的事！

我心中的疑惑，已到了頂點，好幾次，我忍不住要出聲問那人，這裏究竟是什麼所在，但是我記得他的警告，那司機就在我的前面，我不能開口。

車子行駛了大約十五分鐘，轉進了一條林蔭大道，看來已到了郊外。

在林蔭大道的兩旁，全是一幅一幅，碧綠油油，看了令人心曠神怡的草地，在草地之後，則是一幢幢的小洋房。那些房子的式樣全不相同，可是放在一起，卻有一種和諧的協調，給人以一種極度的平靜舒適之感。

剛才在城市的時候，我已經對那個城市，有着說不出來的喜愛，這時來到了鄉村，我真想立時衝下車去，舒舒服服地躺在那些草地之上！

車子最後轉出了林蔭大道，進入一條小路，然後，在一幢房子前，停了下來。

那人拉住了我的手，和我一起下了車，我注意到他並沒有付給車費，只是和那司機點頭微微笑着，各說了一句我聽不懂的話。然後，他走向草地，來到了屋前，當他走在草地上的時候，有幾個六七歲大的孩子，男女都有，奔了過來，笑着、叫着，那人逐個拍着他們的頭，講了幾句話，那些孩子又奔了開去。我跟着他，走過了草地，穿過了一條兩邊都是灌木的石子路，來到了屋前，在門口，我看到有一塊牌子掛着，那人將牌子摘了下來，推開了門，走了進去。

當時我並不以為奇，但是五分鐘之後，我發覺那屋子在我和他未曾來到之前，竟是一所空房子時，我實在有點難以掩飾的驚訝。

屋子的佈置很雅緻，我們進了屋子，那人才吁了一口氣：「請坐！」

我也吁了一口氣：「這裏沒有別人，我可以說話？」

那人點了點頭：「是的，我一個人獨住，我還沒有結婚。」

我看到他打開了一個櫃子，取出了一瓶酒，倒了一點給我，我接了酒杯在手，一口就喝乾，在那樣的情形下，我的確需要喝點酒。

當我吞下了那口酒之後，我道：「朋友，這裏究竟是什麼地方？」

那人的神色，變得十分凝重，他拈着酒杯，緩緩轉動着，直到我問了第二次，他才抬起頭來：「你惹了大麻煩了，兄弟！」

我望着他：「我知道，但是我不知道我惹了什麼麻煩，希望你告訴我。」

那人嘆了一口氣，道：「你到了一個你絕不應該來的地方，你冒充是我們之間的一分子，要是你被發現了，我們這裏的法律是……」

他講到這裏的時候，略停了一停，我不禁機伶伶打了一個寒顫：「怎樣？」

那人道：「處死，毫無商量的餘地。」

我不由自主提高了聲音：「為什麼？我究竟做了什麼錯事？」

那人沉聲道：「你不必做什麼錯事，我們這裏，絕不容許地球人到來，我們甚至不讓地球人知道我們的存在！」

我道：「你別嚇我了，我看這裏就是地球，這裏的一切，和地球上沒有分別，地球的花，地球上的建築物，地球上的人！」

那人道：「可是你忽略了一點，我們這裏，平靜、安寧、美麗、和平，地球上哪一個角落，可以找到這些？地球上，到處是殘殺、紛亂、醜惡，我們不想地球人醜惡的心靈，來玷污了我們美麗的地方！」

我吸了一口氣：「這裏究竟是什麼所在？」

那人望了我半晌：「我不想你死，所以不告訴你，如果你不知道我們的秘密，那麼就算送你回地球去，我的心中，也不會那麼內疚，以地球人的醜惡心靈來說，如果他們發現了我們的存在，一定會千方百計來到我們這裏，你們一來，我們就完了！」

我道：「可是你們卻派人到地球去？」

那人道：「是的，我們的目的是要阻止地球人發現我們，我們做了許多工作，包括破壞地球人的某些發明在內，為了確保我們自己的安全。」

我冷笑了起來：「這樣說來，你們豈不是自私得很麼？」

那人提高了聲音：「在強盜面前保衛自己的人，叫做自私，這就是你們的邏輯？」

我呆了片刻，實在不知如何說才好。

過了好一會，我才道：「好了，那麼你有什麼辦法，送我回去？」

那人皺着眉頭，來回踱了幾步，才道：「你先得告訴我，是如何來，你怎麼會有那個磁性環，你將一切事情全都告訴我！」

聽得他那樣說，我的心中不禁猶豫起來，因為不論我現在是在什麼地方，我和他（他們），始終處在敵對地位，我支吾着，並沒有回答那人的問題。

那人望着我，嘆了一聲：「我知道，你心中在猜忌、在疑惑、在不信任我，還不肯將事實真相告訴我，這就是你們的劣根性！」

他竟那樣毫不留情地指斥我，這不禁令我有點惱羞成怒，我冷笑了一聲，也老實不客氣地道：「不錯，這是我們的劣根性，但你們也好不了多少！」

那人道：「我們？我們截然不同！」

我的聲音變得更大，因為在我的經歷之中，有充分的證據，可以證明「他們」實在和「我們」一樣地卑劣。

我冷笑着：「我看沒有什麼多大的不同，你們之間的一個女人，曾和我約會，說是有重要的事和我商量，但是她還未曾來得及和我見面就離奇的死了，我相信她是被謀殺的！」

我講到這裏，略頓了一頓，那人的面色，變得十分難看，打擊了他那種自以為是純潔天使的傲氣，使我心中十分高興。

我又道：「接着，你們又消滅了她的屍體，然後，你們之間，又有一個人，攔住了我的車子攻擊我，你們的一輛大卡車，撞死了自己人，你們之中，又有人指使一個小偷，到我家中來偷東西，哈哈，這就是你的所謂不同，真是好笑之極！」

我愈說愈快，那人的臉色，也愈來愈蒼白，終於，他大聲喝道：「住口！」

我繼續嘲笑他：「這倒是好辦法，先是將自己扮成一無壞處的好人，現在又來喝我住口。」

那人喘了幾口氣：「這一切，全是在地球上發生的事，你明白麼？」

我道：「自然明白，是發生在地球上的事，但是我更明白，這一切，全是『你們』做出來的。」

我在「你們」兩字上，特意加重語氣。

那人搓着手，來回踱着步，喃喃地道：「你不明白，你真的不明白。」

我始終冷笑着：「我有什麼不明白的地方，你不妨說到我明白為止。」

那人突然站定了腳步，吸了一口氣，望住了我，緩緩地道：「你不明白，我們為了摒棄人類的劣根性，不知費了多少心血，費了多少光陰，在這裏，我們總算已取得了成功，但是我們一到了地球，劣根性的遺傳因子，自然恢復，與你們接近得久了，便恢復了許多年之前的本性。」

如果不是那人說這幾句話時的聲音，極其沉痛，我說不定還會繼續嘲笑他。

而令我停止嘲笑他的一個原因，是因為他那幾句話，實在令我感到了迷惑。

他那樣說，是什麼意思呢？他自稱是「人類」，但是又不承認這裏是地球？那究竟是什麼意思，難道他是一種特殊的「移民」，從地球上移居到另一個星體上來的？難道他們全是……

第七部

人類劣根性毀滅人類

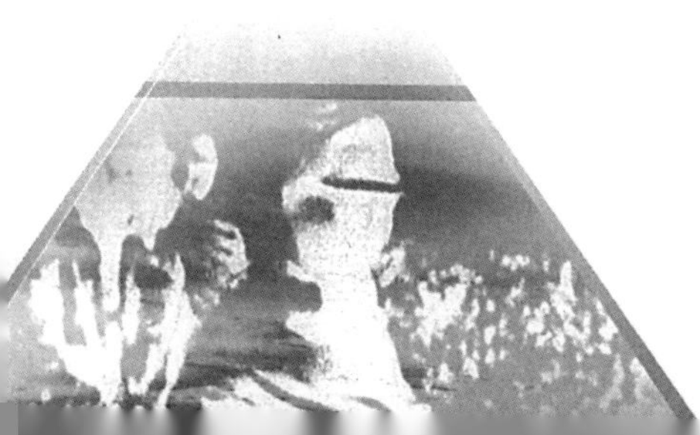

好，我給他那幾句話，引起了重重疑問，而我又實在不知道從哪裏開始問才是以我只好望住了他，不知如何開口，屋子之中，登時靜了下來。

那人隔了半晌，才又道：「現在我知道你是誰了，你是衛斯理！」

我點了點頭，仍然不說什麼。

那人又道：「不過，我們還是很值得安慰，因為我們工作有成績，如果以你們的方式來處理，你早就被害。」

我仍然無法出聲，因為我如跌進了一片濃霧之中，完全無法明了事實的真相。

我在突然之間，問出了一句連我自己也感到突兀的話來，我道：「你們是什麼人？你們是地球人？」

那人望了我好一會，看他的神情，顯然是在考慮，是不是應該回答我的這個問題，我屏氣靜息地等着，等了足足有一分鐘之久，那人才點了點頭。

我又問道：「這裏不是地球？」那人又呆了片刻，還是點了點頭。

我再問道：「那麼這裏是什麼地方？你們是怎麼來到這裏的？」

那人現出了一個無可奈何的笑容來，道：「我，我全都告訴你吧，我相信你。」

我忙道：「你一定可以相信我！」

那人踱到了窗前，望着窗外的草地，草地綠得極其可愛，我一直望着他，那人呆了半晌，轉過身來，道：「說出來，你或者不相信，你知道，太陽系的九大行星之中，只有土星有一個大環！」

我咳嗽了一下：「小學生也知道。」

那人語調遲緩：「我們現在，就在這個環上。」

我張大了口，真的，我像是傻瓜一樣地張大了口，不知該說些什麼才好。我在土星的那個環上，這實在是太難令人相信了。

地球上的天文學家，一直不知道土星何以有一個大環，也不知道土星的環中有什麼，但不論怎樣，如果告訴天文學家說，土星的環中，有城市、有人，那麼天文學家一定會哈哈大笑的。

那人又道：「這個環，是我們祖先建立的，起先，只是遠離土星表面的一個浮空站，漸漸地，一個站一個站建立，到了今天，終於成為環繞土星的一個大環，我們自製氧氣，自製食水，繁殖地球上的生物，摒棄地球上人類的劣根性，我們之間，沒有爭執，沒有人想做英雄，沒有傾軋、殘殺，我們日子過得極平靜舒適。」

我感到頭暈，因為這一切，都是沒有法子接受的事。我呆了一會，才道：「你們過這種日子，已有多久了？那是什麼時候發生的事？」

那人道：「我們一直保持着地球上的紀元，算起來，已經有將近二十萬年了。」

那人所說的一切，幾乎已可以令我相信了，但是，當他一說出「二十萬年」之後，我卻「哈哈」大笑了起來，真是太可笑了。

我立時道：「二十萬年？」

那人卻一本正經地道：「不錯，正確的數字，應該是二十萬零八千七百四十四年。」

我點着頭：「是的，在二十萬零八千七百四十四年之前，你們從地球移民到這裏，嗯，我真奇怪，你們的身上何以沒有長毛，因為那時，地球上還只有猿人！」

那人望着我，他的神情中有着憐憫，我已經講出了使他無法辯駁的話，可是自他的神情看來，卻像是我是一個毫無所知的白癡一樣！

我多少感到了不安，我又大聲道：「你為什麼不說話，你可以向我解釋猿人何以能夠來到土星，在土星上建立浮空站的原因！」

那人又望了我片刻，才平靜地道：「在我們的祖先離開地球之後，地球上才只剩下猿人的。」

我陡地一驚：「什麼意思？」

那人道：「當時，我們的祖先是三千人，他們全是愛好和平的人，與其他幾十萬萬的人不同，他們看出了地球人的劣根性一天天發展下去，總有一天，會全部毀滅，所以他們離開了地球，他們離開了地球之後，被他們預見到的不幸，終於發生了！」

我只覺得有一股寒意，襲向我的全身，我的身子在不由自主發着抖。

我的聲音也在發顫，我已經聽明白他的話了，但是我還要再問一遍，我道：「你的意思，你們是上一代的地球人？」

那人道：「可以這樣説，但是正確的説法是，我們是上一代的地球人的後代。」

我搖着頭，我搖頭的動作，並不是表示我不相信他的話，實在是人在突然受到了驚駭莫名的事情之後的一種下意識的反應動作。

那人繼續道：「我們的祖先，那三千人，全是第一流的科學家和學者，他們離開了地球，來到了土星，可是土星的表面，無法適應人類居住，所以他們就在土星的上空建立居住點，發展到了今天，成為環繞土星的一個大環，他們到達之際，就曾立下法律，不准任何地球人再來加入他們，接着，地球上就發生了他們預料的慘事。」

我忙道：「什麼慘事？」

那人道：「衛先生，你是一個智者，我不相信你會料不到！」

我吸了一口氣：「戰爭？」

那人沉痛地道：「戰爭！」

他在講了那兩個字之後，頓了一頓，道：「不止是戰爭，是人類的劣根性毀滅了人類，現在，這一切，又在重複着，如今地球上，已到了當年全人類毀滅的前夕，時間不會太遠了！」

我又吸了一口氣，我實在沒有什麼話可以說的了，那人又道：「上一次的毀滅，最後的原因，是因為一場大戰，但是大戰的形成，並不是突如其來的，而是一點一滴積聚而成，人類所做的每一件醜惡的事，都加在導向人類毀滅的積分上，但是人類卻不知道，還在拚命地做，在自掘墳墓。」

我又插了一句：「在經過了大毀滅之後，第二代人又漸漸進化形成？」

那人道：「是的，第二代人，和我們在生理構造上，有所不同，但是，心理上卻一絲未變，一樣那麼醜惡，那麼低劣！」

我儘量使我紊亂的思緒鎮定下來，我必須弄清這件事，我一定要逐個問題問他，我也相信，他一定肯切實回答我的。

我問道：「生理上有什麼不同？」

那人道：「在一次浩劫之後，地球上的氣溫提高了，本來，地球上的最高溫度，是你們所說的，攝氏四度，你不覺得這個溫度，到現在為止，還在地球上留下了一個很大的特點？」

我瞪大了眼睛，在那樣紊亂的情緒下，我實在想不透攝氏四度有什麼特點。

那人道：「水，水在攝氏四度的體積，是標準的體積，四度之後，溫度再降低，體積反而增大，那是違反了熱脹冷縮的普通定律的。」

我不住地點頭：「那是為了什麼？」

那人道：「攝氏四度是以前地球上的最高溫度，那時候水經常處在這個溫度中存在，而溫度降低，水就膨脹，後來，地球上的氣溫升高，水無法適應自然的環境，所以突破了普遍的規律。」

我苦笑着：「還有什麼不同？」

那人道：「地球表面的氮氣增加了，所以，我們肺部的構造，和你們不同。我們的人，如果長期在地球上生活，由於吸入氮氣過多，皮膚會形成鱗甲狀態，你不覺得我們這裏的空氣，特別清新麼？」

是的，我覺得這裏的空氣，特別清新。實際上，當我忽然之間，來到了那個子彈形的狹長空間之中時，我就有這樣的感覺了。

現在，我當然已可以毫無疑問地知道，那是只可以乘搭一個人的洲際飛行船，而為了使旅客在長期的飛行中不至於寂寞，所以另有一種催眠的方法，使旅客在旅途中沉睡。

而那種異乎尋常的、絕對的寂靜，如果不是在太空飛行中，又怎能出現？

我點着頭，吸入氮氣過多，皮膚會起鱗甲狀態的變化，關於這一點，我更可以肯定，因為我和傑克上校，都曾看到他們中的一個，死去之後的照片。

那人又道：「氮氣的比例增加，對於低級生物的繁殖，起了極大的作用，所以地球上，各種各樣的細菌，比以前大大增加，這是地球人自食其果，到現在，地球人生命最大的威脅之一，還是各種各樣的疾病，幾乎無可克服的疾病，實在太多了。」

我咽下了一口口水。

那人誠懇地道：「我說的完全是事實，現在，我們的人口，大約是一千五百萬，我們居住在這一個大環中，這個大環中的一切環境，已被改造得和以前的地球，完全一樣，我們有蔚藍的天空，有肥沃的土壤，有城市，有鄉村，有優美的風景，這是真正的世外桃源，而且更成功的，是我們已徹底剷除了人類的劣根性。當年離開紛擾醜惡的地球的，全是人格極高尚的人，而且他們致力於研究人體內染色體對罪惡性格的影響，到現在為止，我們的一千五百萬人，都是和平、高尚的人，根本沒有犯罪！」

那人一面說着，我一面搖着頭。

可是等他說完，我卻又沒有出聲，那人帶着好奇的眼光望着我：「你不同意我說的哪一點？」

我道：「關於人類劣根性那一點，你們或者已很成功，但不是絕對成功，至少你們自私、猜忌，你們不讓現在的地球人發現你們，而且派人到地球上去，我相信你們在暗中，一定還做了不少破壞工作，阻止現在地球人的科學進步！」

那人笑了起來：「朋友，你完全錯了，我們這樣做，全是為了保護自己，一個人將自己的家門緊鎖，不讓盜賊闖進來，難道是錯事麼？我們當然要去破壞地球人的進步，那等於是先將盜賊手中的武器搶下來！」

我道：「可是你們仍然不成功，你們之間，有一個女人，曾和我約晤，她說有重要的事告訴我，我想她一定是要出賣你們，而你們的人，又將她殺死了。出賣、告密、謀殺，這算是什麼？」

那人被我的這一番話，說得他的臉上，現出了極度無可奈何的神情來。

他嘆了一聲：「那是因為他們被派到了地球的緣故，雖然過了那麼多年，惡劣的遺傳因素，仍然可能作怪，是以被派到地球上的人，只工作一個短時期就調回來，但仍然難免有這樣的事發生。」

我望着那人：「你們之間，有多少人曾經去過地球居住？」

那人皺着眉：「不多，從一百年前開始，到現在，大約有三千人，這三千人的皮膚上，都或多或少，生出了鱗甲來，現在還活着的，有一千多人。」

我的神情十分嚴肅，因為在剎那間，我想到了一個極其嚴重的問題，我道：「這一千多人，連你在內，可以說是土星環中的特殊階級，你不覺得有一個危機潛伏着麼？這些人，在經過了地球的生活之後，會感到犯罪的樂趣，會破壞這裏的一切，建立起他們的統治！」

那人的面色，變得十分難看，好一會不出聲，然後，才徐徐的道：「好了，我們的談話，到這裏該結束了，你該多為你自己的命運考慮考慮！」

我不明白，為什麼我對他提出了那樣善意的警告，而他竟不願和我討論下去！

看他的神情，他不但不願意和我討論下去，而且根本極不歡迎我提起這件事來。

我呆了一會，才道：「我自己的命運，我無法考慮，一切全都要等你來決定！」

那人來回踱着步，像是正在想着如何安排我，過了好一會，他才道：「這樣……」

他才講了兩個字，屋中就傳出「滋滋」聲，他轉身過去，按下了牆上的一個掣，我看到一幅牆移了開去，這是我生平第一次看到如此真切的傳真電話，看來，就像是隔着一塊玻璃和另一個人講話一樣。

和那人通話的，是一個美麗的金髮女郎，我自然聽不懂他們在講些什麼，可是那金髮女郎的聲音，卻是如此柔和，她的風采，更是優美之極。

她和那人說了三分鐘就消失了，那人又按掣，那牆壁恢復原狀。

從我到達這裏以來所觀察的一切，我可以下一個初步的結論，這裏的科學技術，比現在地球上的人，進步了十個世紀左右。

如果地球上的科學發展，照近一百年的增長速度進步下去，一千年之後，也可以有這裏的水準！

那人轉過身來：「你可以先住在我這裏，記得，別出去，萬一見到了人，千萬不可開口，我會替你安排，你要相信我！」

我根本沒有別的選擇，只好點頭答應，他像是忽然之間有了什麼重要的事情一樣，趕着要出去，他到了門口，又將剛才的話，叮囑了一遍。

我忽然問道：「你剛才說，在你們這裏，完全沒有犯罪，那麼，你秘密收留了我，是不是犯罪？」

我那樣問，只不過是為了好玩，因為這是一個在邏輯上十分有趣的事，他們這裏一切全是本着人類善良的天性來行事的，所以如此和平安定，而為了避免地球人醜惡的心靈的影響，他們絕不准有地球人到達這裏。

然而，幫助像我那樣，毫無惡意偶然來到的地球人，正是人性善良的表現，可是他那樣做了卻是犯了罪，和這土星環中的法律是相牴觸的。

這實在是一個很難回答的問題，我預料的是，那人聽得我如此問之後，一定是發出一下無可奈何的苦笑，不會說什麼的。

可是，大大出乎我的意料，我的話才一出口，那人卻大受震動。

剎那之間，他的臉色，變得難看到了極點，他的神情，也有了可怖的轉變。

我不禁呆住了，我忙道：「對不起，我只是隨便問問，希望你別介意。」

那人瞪了我半晌，神情才恢復正常，他道：「你只要等上一小時，就可以知道答案了！」

我自然不知道他那麼説是什麼意思，我看着他匆匆出了門口，我在沙發上坐了下來，我坐了一會，又從窗口中看着外面的草地。

那些孩子還在草地上玩，他們玩得很規矩，雖然他們年紀都很小，但是在我凝視他們的半小時之中，根本沒有任何爭吵發生，更不要説在地球上隨處可見的孩子扭成一團的打架了。

我又參觀了這幢屋子，有許多設備，我不知是幹什麼用的，我也不敢亂動，然而，就我所知的一切看來，這裏的一切，實在已是人的最高享受了。

約莫一小時之後，我聽到車聲，然後，那人回來了，和他一起走進屋子來的，還有七八個人，乍一見那麼多人，我不禁吃了一驚。

因為那人自己説過，不准我見外人的，現在，他自己卻帶了那麼多人來，那麼，他是不是改變了主意，準備拘捕我，處死我呢？

我在那一剎間，幾乎想立時逃走了，但是那人卻道：「來，介紹幾個朋友，這幾位，全是到過地球兩次的，我的好朋友。」

我略定了定神，抬頭數了數，一共是七個陌生人，他們都紛紛走過來和我握手，其中有兩個人還道：「我們在地球上的時候，聽說過你。」

我不知道他們來作什麼，只好和他們敷衍着，那人招呼着各人坐下來，又請我全坐下。

在那剎間，我覺得氣氛已經不很對頭了，我還說不出所以然來，可是，我已經敏感地覺得不對頭，一定有什麼重大的事情要發生了。

而導致我這種敏感想法的，是因為在突然之間，他們八個人的神色，都變得很嚴肅。

我感到有點兒坐立不安，因為我不知道他們想怎樣，在一陣子靜默之後，那人道：「衛先生來到我們這裏，我相信可以幫助我們成功，因為我們對於要做的事，只是想做，而如何做，卻實在太生疏了。」

我實在忍不住心中的好奇，是以立時問道：「你們想做什麼？」

那人猶豫了一下，像是決不定是不是應該告訴我，但是他終於下了決斷，他道：「我覺得——我們幾個人覺得，在這裏生活，我們缺少了一些東西。」

他頓了一頓，我心中更疑惑了，在這世外桃源，他們缺少了什麼？

而且，不論他們缺少的是什麼，我又有什麼可以幫助他們的呢？

那人吸了一口氣，一字一頓地道：「我們缺少了權力！」

在那剎間，我實在是呆住了，那是一種絕對意想不到的震驚，而在我一呆之後，我明白，我幾乎想立時哈哈大笑了起來。

我明白，何以當我向那人提及曾到過地球的那些人可能有異圖之際，他的反應如此奇特，而當我提及他的犯罪之際，他又如此震動的原因了，原來他們幾個，曾到過地球幾次的，的確已有一個小組織，他們要求權力，那麼不消說，他們自然是想經過一次動亂，而由他們來統治這個「大環」。

然而，我卻沒有笑出來，因為就在我感到極度可笑的同時，我也感到了深切的悲哀。

人，總是人，不論這些人的出身是多麼優秀，品質是多麼高貴，環境是多麼純良，但是人總是人，人是動物，人本來和其他的野獸——雜食動物——沒有多大的分別，在人的遺傳因子之中，即使過了二十萬年，仍然具有佔有的心，在某一種適當的情況之下，就會發作，就會要求有權力，就會要求將他人的利益，集中在自己的身上！

我愣愣地瞪着那人，那時，我臉上的神情，一定極其古怪，因為那幾個人都有點大惑不解的望着我。

那人舐了舐唇：「你為什麼不說話？」

我之所以不出聲，是因為我實在不知道該說些什麼才好，我在那人的逼問之下，才道：「我記得，當我初到的時候，你曾經對我介紹這裏的環境，有一句話，使我的印象很深刻。」

那人道：「哪一句？」

我說道：「你曾說，在你們這裏，一切全是和平、寧靜的，沒有人想做英雄。」

那人呆了一呆，現出了大不以為然的神色來：「你錯了，你以為我們想做英雄，一點也不是，我們只是想這裏的一千五百萬人，日子過得更好，同時，更保護所有的人，不被外來的侵略所干擾！」

我簡直感到了痛苦，在那一剎間，我真的感到了痛苦，所以我閉上了眼睛。

那人說這幾句話的時候，他的語氣很誠懇，可以說，他的心中的確是那樣想的。

可是，這樣的話，這樣的口吻，我難道陌生麼？我一點也不陌生，在地球上，這樣的話，我不知聽了多少千百遍，為了要使別人的生活過得好，所以他們不得不出來任勞任怨，他們不是要做英雄，只不過是為別人着想。

「為別人着想」是一個最好的幌子，在這個幌子的掩飾下，野心家的最終目的，是將每一個人，都改造得符合他的思想法則。

我閉上了眼睛好一會，才睜了開來，我的聲音聽來很微弱，連我自己也感到吃驚，我道：「那麼，我有什麼可以幫助你們的呢？」

那人聽得我這樣問，以為我已經答應幫助他們了，是以顯得很高興，他道：「我們這裏，有一個管理機構，類似地球上的政府，這個管理機構的負責人是公選的，我們要推翻它，而對於……對於……」

他想了片刻，才道：「對於……政變，我們實在不很在行，所以請你來當顧問，你來自地球，對那一套，應該很熟悉。」

我站了起來，在那剎間，我的神色，變得極其嚴肅：「你們要明白，政變一定有動亂，動亂就有暴力，這是人類劣根性最原始的表現。」

那人並沒有出聲，另一個則道：「一場小小的暴亂，就足以使這裏的人，震驚莫名，我們就可以出面了，你可以擔任製造暴亂的角色，因為我們對於這些，實在是陌生得很。」

我抑止着心頭的怒意，冷笑着道：「你太客氣了，先生，我看，你對於這些，比我要在行得多，現在，我沒有別的話好說，我只要求快快回地球去！」

那人道：「為什麼你不肯幫助我們？」

我的聲音顯得十分嚴肅：「你們根本不需要我的幫助，我相信，在這裏的人，經過了二十萬年的和平生活，毫不提防陰謀、詭詐，你們只要一開始行動，就立即可以成功。」

那幾個人都現出十分高興的神色來：「真的？你對我們那麼有信心？」

在那剎間，我已經有了一個決定，所以我的神色，看來不再那麼冷漠，我道：「現在，知道你們計劃的，總共有多少人？」

那人道：「全在這裏了，就是我們這幾個，但如果我們開始行動，那麼，很快就會聯絡到更多人。」

我道：「全到過地球？」

那人點頭道：「是，全到過地球。」

我緩緩吸了一口氣：「如果你們要成功，一定要武器，你們有什麼武器？」

那人搖頭道：「沒有。」

其中的一個人道：「我從地球上帶回來了一柄槍，不知道是不是有用。」

我盡量使自己保持鎮定：「拿出來給我看看？」

那人自他的衣袋內，取出了一柄槍來，那是一柄配有滅聲器的間諜手槍，我取出了彈夾，其中有七發子彈，槍是完好而可以發射的。

然後，我的動作，只怕是他們幾個人做夢也想不到的，因為他們終究是土星環中的人，而不是地球人，他們曾到過地球，然而只不過是到過地球而已，而我，卻是地地道道，在地球上成長的。

我一將子彈夾推進了槍膛，便連連拉動槍機，我連射了七槍，每一槍，都擊中了一個人的要害，七下「拍拍」的聲音之後，只有那人和我，仍然站着。

那人完全呆住了，他張大了口，額上冒着汗珠，啞聲道：「為什麼？你為什麼？」

我道：「我雖然是地球上來的，但是我喜歡這裏，我不想這裏的一切，被你們八個人破壞！」

那人臉色慘白：「那麼，你……你也要殺我？」

我點頭道：「是的。」

我一面說，一面舉起槍柄，砸向那人的頭部，那人在毫無抵抗的情形下，昏倒過去，我再抱起一張沉重的椅子來，向他壓了下去，然後，在臨走的時候，我用打火機，燃着了窗簾。

沒有人注意到我的離開，我也不知道那種屋子起火，冒出濃煙之後，會怎樣，但是我可以肯定的是，那人一定會被火燒死！

我步行着，憑着記得的方向，足足步行了一日一夜，才到達了那個「機場」，在途中，我發現許多食物館，人人都可以自由取食，他們的食物也很可口，我自然毫不客氣，不虧待自己。

到了「機場」之後，我費了相當長的時間，注意那些「子彈」的起飛和降落，然後，肯定了其中的一艘，是飛向地球的，而且正有一個人，準備登上那艘飛船。

我來到那人身前，低聲道：「對不起，計劃有了改變，現在改派我去，你可以回去了！」

那人顯然是未曾到過地球的，當我那樣說的時候，他用一種極其錯愕的神情望着我，他對於任何欺騙，實在太陌生了，所以他雖然覺得這事實是無法接受的，但是仍然點了點頭。

我一手接過了他手中的公事包，循着梯子，登上了那子彈，不多時，我又在極度的沉寂之中，然後，我睡着了，像來的時候一樣。

當我又醒過來之際，我看到飛船的一端打開，我走出去，到了一間房間中，房間中有一個人等着，那人一見我，就道：「衛先生，我知道你曾到過土星環，但是我希望你完全忘記這件事，我們已發現派人到地球來，是一件很危險的事，決定結束這項行動，全部人員撤離，我是最遲走的一個，再見！」

在我還不知該如何回答間，他已推開了我，進了飛船，他登上飛船之後，才回過頭來：「你快離開，這裏的一切，快要毀滅了！」

我心中一凜，忙向外走去，出了那房子，那時正是午夜，我沿途向前疾奔，當我來到了海灘邊的時候，那屋子已起了火。

我回到了家中，接連兩三天，我只是呆呆地坐着，在想着，人性是一個大環，不論這個環的直徑是多麼大，人性總會回到原來的醜惡一面，我所經歷過的那個環，在時間上是二十萬年，但是二十萬年雖然長，兜回來的時候，仍然是原來的起點。

「他們」雖已停止派人來地球，也有八個人被我殺掉了，但是還有一千多個人是到過地球的，而且，誰能擔保那些未曾到過地球的人，不會忽然又回到環的起點呢？

一個大環，人性就在大環上轉來轉去，轉不出去！

（全文完）

衛斯理小說典藏版　48

鬼子

作　　者：　衛斯理（倪匡）
責任編輯：　常嘉寧
封面設計：　李錦興
出　　版：　明窗出版社
發　　行：　明報出版社有限公司
香港柴灣嘉業街18號
明報工業中心A座15樓
電　　話：　2595 3215
傳　　眞：　2898 2646
網　　址：　https://books.mingpao.com/
電子郵箱：　mpp@mingpao.com
版　　次：　二〇二二年八月初版
I S B N：　978-988-8688-95-1
承　　印：　美雅印刷製本有限公司